U0797143

地势坤，君子以厚德载物。

操控师

童亮 tong liang 著

CAO KONG SHI

四川文艺出版社

图书在版编目（CIP）数据

操控师 / 童亮著 . — 成都：四川文艺出版社，2019.2

ISBN 978-7-5411-4907-8

Ⅰ . ①操… Ⅱ . ①童… Ⅲ . ①长篇小说－中国－当代 Ⅳ . ① I247.5

中国版本图书馆 CIP 数据核字（2018）第 211062 号

CAOKONGSHI

操控师

童亮 著

策划出品 磨铁图书
责任编辑 周 轶
责任校对 汪 平

出版发行 四川文艺出版社（成都市槐树街 2 号）
网 址 www.scwys.com
电 话 028-86259287（发行部） 028-86259303（编辑部）
传 真 028-86259306

邮购地址 成都市槐树街 2 号四川文艺出版社邮购部 610031
印 刷 三河市冀华印务有限公司
成品尺寸 146mm × 210mm 开 本 32 开
印 张 10 字 数 190 千
版 次 2019 年 2 月第一版 印 次 2019 年 2 月第一次印刷
书 号 ISBN 978-7-5411-4907-8
定 价 39.80 元

版权所有 · 侵权必究。如有质量问题，请与本公司图书销售中心联系调换。电话：010-82069336。

目 录

第一章
胡林山

胡心水已经五百年没有见过人了。

她的师父不让她见任何人，说人身上烟火味儿重，有损她的灵性，把她关在胡林山，不许出山界一步。

五百年过去之后，师父忽然命她下山，还要她去皇帝脚下的落阳城看元宵节的烟花。她早在五百年前就听师父说过，五百年后的落阳城会绽放一次前所未见的绚烂烟花，如同天上所有繁星瞬间全部变为流星。

临到下山那天，师父看着她的脸，忧心忡忡。

胡心水也忧心忡忡，她担心师父突然改变主意，不让她下山。

师父说："孙猴子在五行山下也不过五百年，为师怎么还忍心留你在胡林山？可是孙猴子一身本事，你还什么都不会。尤其你这张脸……"

胡心水心想，我的脸怎么了？

师父接着说："好看的脸容易引起祸端。"

胡心水摸摸脸。她不知道何为好看，何为不好看。鸟有好看的鸟，鱼有好看的鱼，她五百年没有见过人，不知道什么是好看的人，什么样的人会被认为好看。

师父犹豫片刻，从怀里掏出一张纸来，纸上画了一张脸，然后将那张纸在铜脸盆里蘸了些水，贴在了胡心水的脸上。

师父左边看看，右边看看，说："世间人多以胭脂敷脸，花黄贴额，黛画峨眉，轻者还好，重者已是另一张脸，为何不直接画张脸贴上呢？省去多少麻烦？今日可贴这张，明日可贴那张，日日不同，岂不快哉？"

师父一边说，一边以指尖在她脸上各处点了点。

胡心水觉得脸上痒，却不敢挠。

收了手，师父又看了看，然后如释重负地呼了一口气说："这下放心多了。你去吧。下了山之后，一直往北走，就可以到达落阳城。"

胡心水高兴得跳了起来，连"告辞"都忘了跟师父说，就飞快地跑下了山。

到了山界，那块石碑上"胡林山"三个字映入眼帘，胡心水这才想起没跟师父告别。她回头往山上看，满目只有翠绿的树。那条卵石铺就的小路，就如一条要钻到树林深处去的蛇。

山风吹来，一片树叶落在了她的脸上，然后落地。

她想起脸上还贴着一张纸，一时太兴奋，居然给忘了。这纸也不知道是什么纸，脸上现在居然没有任何异样的感觉。她抬起手来摸摸脸，发现纸不见了。想了想，也不记得是什么时候弄丢的。

她本来想回去跟师父补说一声“告辞”的，又怕师父看到她脸上的纸不见了而忧虑，于是抬脚越过石碑，踏出了山界。

她感觉魂儿已经飞了出来，跑到身体前面去了，脚步再快都跟不上。

烟花有什么好看的，我倒想看看山外的人到底是什么样子。

山外的路很难走。

胡心水走了不到半天，脚就疼得厉害，像是光着脚踩在猫骨刺上，每走一步都钻心地疼。

人一出生就得人身，妖怪至少要五百年才能修得人身。她也是才得了人身，还不太适应像人一样走路，所以脚力不济。

一路走来，胡心水没看到一个人，没看到一户人家。

这也难怪，师父就是为了避开人世才选择居住在杳无人烟的地方。

她只想过到了人世间会有怎样的奇遇，没想过自己的脚支撑不到遇见人的地方。

此时已近黄昏。回想师父以前的说法，日落之时，人世间的屋顶便会升起袅袅青烟。若是有迷途的人，看到青烟便是找到了落脚之处。

往前一看，看不到师父说过的袅袅青烟。回头一望，胡林山早已看不见了。

四周都是起起伏伏的山，如同海里激起的浪。师父说过，沧海桑田，世间的泥土不是一成不变的，它们有时平静，有时起伏，跟海里的浪没有区别，只不过比海里的浪起伏要慢得多，因为慢，而被世人忘记。

看着这些泥土翻起的浪，她觉得自己就是随之漂荡的浮萍，孤立无助。

这一刻，她有些后悔下山了。

偏偏这时一个苍老的声音响起：

“啧啧啧，姑娘一个人跑到这么偏僻的地方来，不害怕吗？”

她循着声音看去，只见一个脸上堆满了皱纹的人朝她走了过来，那人手提一把小锄头，背着一个竹篓子，竹篓子里装了各种各样的草。

胡心水看着那人脸上的皱纹，惊讶地问道：“你是病了吗？”

那人见她这么问，愣了一下，抬手摸了摸脸。

“你脸上的皮肤怎么一点儿也不平整光滑？”胡心水问道。她在师父的书房里看到过一两张人的画像，都不像这个人一样皱纹满面。

那人哈哈大笑，说道：“皮肤这样就是病了吗？”

胡心水道：“师父说，生了病的人面色会异常。”

那人又一愣，然后问道：“你没见过我这样的吗？”

胡心水摇摇头。

那人似有所悟，说道：“既然这样，我确实是病了。”

胡心水好奇地问道：“你得了什么病啊？我师父教过我一些医术，说不定可以给你开个方子。”

那人笑了，说道：“我得的病，叫作‘老’。你师父教的方子是没办法治好我的。”

“老？”胡心水第一次听说这种病。

那人挤眉，问道：“你没听说过吗？”

胡心水摇头。

那人上下打量胡心水，好像他才是刚下山的没有见过人的人。

“你有什么亲人吗？”那人问道。

“亲人？”胡心水挠头，然后摇摇头。

“有什么朋友吗？”那人问道。

“朋友？”她又摇头。

“那……有人知道你来了这里吗？”那人又问。

胡心水看出那人的眼神有些不对劲，她没见过这样的眼神，不知道他在想什么，支支吾吾地回答道：“没有……”

“那太好了。”那人的笑有些怪异。

这有什么好的？要是师父在这里就好了。她心想。

那人说道：“寒舍就在前面不远的地方。天色晚了，要不……你到我那里歇歇脚吧。”

说到歇脚，她欣喜不已，赶紧回道：“多谢多谢，我的脚确实疼得很。”

那人便领着她继续往前走。

胡心水隐约看见那人身后有许多细线，线经过竹篓子，与里面的草混在一起。要是不仔细看，还以为那些细线是草上长出来的细毛。

她正想靠过去抓一把，那人忽然又开口了：

“你明天准备去哪里？”

“落阳城。”

“落阳城有什么好去的？”

她不知该如何回答，总不能说在山上无聊吧。

“去干什么啊？”他又问。

“看烟花。”

“烟花有什么好看的？”

她又不知该如何回答，总不能说是去看人的吧。

那人忽然停止了脚步，稍稍侧头，问道："你是要去落阳城看烟花？"

一阵风吹来，树被吹得飒飒响，竹篓子里的草被吹到一边，露出更多细线。在细线下面还有一个黑咕隆咚的东西，那是一颗人头！那颗人头似乎还是活的！本来披着的头发被风吹乱，露出了小半边脸。

那是一个年轻男子的头。

风一吹过，那颗头又被草覆盖。

胡心水听到自己"扑通扑通"的心跳声。竹篓子里怎么会有人头？

"你是要去落阳城看烟花？"那人以为风声太大，她没有听见，于是重复了一遍。"是……"她恐惧地回答道。

他喃喃道："五百年前有预言，说今年元宵节，落阳城会有一次非常美丽的烟花。"

"你也听说过？"

"传言而已，谁会相信！"顿了顿，他又说，"傻乎乎的……怎么能走到落阳城……"

说完，他继续往前走。

胡心水前看后看，除了继续跟他走，好像没有别的选择。

又走了大约半个时辰，胡心水看到前面出现了一间小木屋。她踮起脚看了看，里面冷冷清清。屋顶失修，破破烂烂。要不是墙壁上挂着许多斧子、锯、凿子之类锋利的东西，这里不像是有人住的地方。

那人说了声“到了”，径直走到小木屋里面去了，留下胡心水站在门口犹豫不定。她看到斧刃、锯齿、凿尖上有残留的血迹。

她有些害怕了，可是脚疼得再也不想多走半里路。她急需一个休憩的地方。

师父说过，她不能在野外睡觉，一定要像人一样在房间里的床铺上睡觉。既然要修炼成人，就要处处模仿人的生活，不然就难脱野性，就会功亏一篑，恢复本来面目。

她问师父：“我本来的面目是什么？”

师父说：“既然忘了，就不要再记起。”

师父说过，这世上的妖怪有很多种，有狐蛇猫狗，有雀鱼花草。

而她不知道自己是由什么变化而来。如果遇到其他妖怪，问起我的身世，我说不知道，别的妖怪一定会笑话我吧？

她唯一知道的是，五百年前，她是见过人的，至少见过一个人，因为师父说她是被一个人送到胡林山来的。师父既没有告诉她那时候她是什么模样，也没有告诉她那个送她来的人长什么模样，叫什么名字。

师父说：“五百年对我们来说只是一瞬间，对山外的人来说太漫长了，就像树上的叶子，你记住其中一片有什么意义呢？冬天它就凋落了，来年春天长出新的，到了冬天又凋落，如此轮回。山外的人也换了一茬又一茬。”

她问：“那么那个人会去哪里？”

师父说：“与树叶一样，凋落之后，会落在泥土里，化作尘土。”

她蹲下，抓起一把泥土，问道：“像这样？”

师父说：“是，所以你没必要记得那个人。每一粒尘土，都曾或是一棵树，或是一朵花，或是一只奔跑的兽，或是一个人，最后又化作尘土。”

她说：“那尘土又会长成树，或者花，或者兽，或者人吧？那个人变成的尘土会不会成为另一个人？”

这次下山来，她就有这样的想法。或许会遇见那个人吧？即使那个人不是他，但那个人身上有他的尘土。

“怎么不进来？”小木屋里有个声音响起，却不是刚才那样苍老的声音，仿佛换了一个人。

发出声音的人走到了门口，居然是个没有患上“老”病的年轻男子。眉清目秀，却稚气未脱。

“你是谁？那个人呢？”胡心水问道。

“那个人？哦，那个人是我爷爷，我是他孙儿。我叫豁影。你叫什么名字？”他靠在门框上，懒懒地说道。

“我叫胡心水。”她一边回答，一边打量他，感觉那张脸有些熟悉。

“你的主人呢？”他问道。

“主人？”她觉得莫名其妙。

“是啊。看你这张脸……画得有些刻意……你应该是什么人做成的傀儡。是不是你的主人让你来这里的？”他看着她的脸，说道。

她摸了摸脸颊，不知道他在说什么。

“别装了，我已经识破你了。不然你为什么说没有亲人也没有朋友？”他脸上露出一丝得意的笑。

“我爷爷告诉我的。”他补充道。

“傀儡是什么？”她很惊讶，难道他一眼就能看出我的本来面目？难道傀儡就是我的本来面目？

他从门口走了出来，绕着她走了一圈，双手上下挥舞。

“你这是干什么？”她迷惑地问道。

“看你身后有没有线。傀儡一般是通过线操控的。”他说道。

“我有吗？”她问道。

“你居然没有。”他眉头皱起。

“那我不是傀儡？”她有些失望。这样就不能知道自己的本来面目了。

“你很希望自己是傀儡吗？”他见她失望，非常意外。

“怎么了？傀儡不好吗？”她问道。

“没人愿意做傀儡。”他说道。

他回到门口，眼神有些失落，说道：“可是没有人不是傀儡。”

她不知道该说什么话来安慰他，在遇到豁影的爷爷之前，她没有跟人说过话，她不知道该怎么说，也不知道他们在想什么。

她又觉得似乎他并不需要安慰。因为他失落的神情很快就消失了，脸上露出笑容，说道：“是不是傀儡有什么关系呢？只要他们还在这里就够了。”

“他们？屋里还有其他人吗？”她问道。屋里悄无声响，不见其他人。就连他的出现都让她惊讶。

“有啊。我的爷爷、奶奶、父亲、母亲，还有我的三个妹妹。”他眉飞色舞，似乎有意在没有朋友也没有亲人的她面前炫耀。

“可是……”她朝他身后的小木屋里看。这么多人，怎么会如此冷清？

“进来吧，很久没有人来过我家了，他们见到你，肯定会很高兴。”他做出一个邀请她进门的姿势。

胡心水指着墙壁上挂着的尖锐工具，问道：“这些东西是干什么用的？”

他看了一眼，回答道：“修桌子、板凳用的。我的力气小，又不大会用，常常割破手。”

“那上面的血是你手上的？”胡心水不太信。

他笑了笑，朝她张开了掌心。

胡心水看到他的手指和掌心上布满伤痕，血迹斑斑，旧伤未消，又添新伤，没有一块地方是完好的，仿佛一只能吐出血色蛛丝的蜘蛛在他双手上织了网。她甚至不敢让目光在他手上多停留一会儿，担心目光触及都能弄疼他的伤口。

“既然不会，怎么不让你家里人帮忙？”胡心水问道。

他低下头，忽然变得落寞。

“全家就靠我一个人……”他说道。

胡心水想起师父曾经命她去打洗脚水，她不肯去，师父笑说：“山外的孩子过了十五岁就要给家里人出力，有的成了一家的顶梁柱，你都四百多岁了，给师父打次洗脚水都不愿意。”

胡心水心想，他或许就是师父说的“顶梁柱”吧。

瞬间，她对面前这个叫“豁影”的人心生同情，又因在山上的时候没有给师父打过一次洗脚水而内疚。

她放下了戒备心，走进了小木屋。

进小木屋后，她赶紧在一把老旧的椅子上坐了下来，揉捏火烧火燎一样的脚。

“脚疼？”豁影关切地问道。

她用力地点头。

豁影说道："我小时候脚疼，母亲就给我泡艾草水，很快就不疼了。刚好我爷爷采了一些草药回来，里面有艾草。"

"是吗？"她看到墙角放着那个竹篓子，但没有看到刚才背竹篓子的人。

"对呀。我让母亲给你泡些艾草。"说完，他就从后门走了。

不一会儿，一位妇人从他离开的那扇门里出来了，手里端着一个木盆，盆里的水冒着热气。盆底好像是裂了，水不断地漏出来，将地上溅得湿漉漉的。而她似乎不知道盆在漏水，脸上没有表情。

胡心水有些害怕。

等那妇人走到近前，她才发现妇人身上的衣服都是湿的，且透着一股寒气，仿佛刚从冰冷的水里捞出来。

妇人将木盆放在她的脚下，然后木讷地转身离开了。她走过的地方都是水，仿佛一只巨大的蜗牛刚刚从这里爬过。

胡心水低头看木盆，里面的水浑浊得很，都看不到盆底。她不敢把脚放进去，怕一脚踩不到底。

这时，豁影回来了，顺手在墙角的竹篓子里抓了一把草，撒在木盆里。

顿时一股香气弥漫开来。但那香气太浓烈，她不喜欢。

“泡一下试试。很快就会不疼了。”他说道。

她问道：“刚才那个人是你母亲？”

他点头。

“怎么浑身都是湿的？”她问道。

他咬了咬嘴唇，说道：“上次她掉进了水井里，我把她捞上来之后就这样了。”

他一面说着，一面将手伸进水里试探温度。

“水凉了，我叫妹妹给你添些热水。”说完，他又从那扇门出去了。

很快，一位小姑娘提着漆黑的铁水壶出来了，走到胡心水近前时蹲了下来，一手提着壶，一手往地上摸索。

木盆就在小姑娘面前，而她似乎看不到木盆，需要以手寻找木盆的位置。

小姑娘跟她母亲一样面无表情。

胡心水在她眼前挥手，她也视若无睹。

她摸到了盆沿，然后将壶里的水往外倒。可是水没有倒进盆里，都倒在了盆外。胡心水呆呆地看着地上热水肆流，水汽蒸腾。

倒完水，小姑娘缓缓站起来，转身离去。她的身后留下一滴一滴的血迹，仿佛绽放的梅花。

胡心水愣住了，等小姑娘的身影不见了，才大喊：“豁影！豁影！”

豁影急急忙忙跑了出来，问道：“怎么了？水太烫了吗？”

胡心水指着小姑娘离开的方向，说道：“你妹妹受伤了！你看地上！”

豁影看到地上的血迹，不惊不慌，反而笑了，说道：“没事的，她这样已经很久了。我想了很多办法，可是伤口总好不了。”

“她的伤很严重吗？”胡心水问道。

“当然。从落阳城来的武士把她刺穿了。”他蹲下去，不知从哪里弄来了一块破布，蘸了木盆外的水，用力地擦拭梅花一样的血迹。

师父说过，世间的一切生灵都是由一团皮囊包裹的精气，如果被锋利的东西划破，里面的精气就会泄漏出来，如果不阻止泄漏，就会丧失灵性，从世间消失。人称这样的消失为“死”。山外的人大多害怕“死”。

“你不怕她死吗？”胡心水担心地问豁影。

豁影回答说：“怕？不怕。死都是迟早的事。相对于死，我更怕失去。”

“更怕失去？”胡心水问道。看来师父不知道山外的人有比“死”更害怕的东西。

“你是不会明白的。”豁影说道。

“为什么我不会明白？”胡心水有些心虚。莫非他已经发觉我不是跟他一样的人？“你没有亲人，没有朋友，怎么会明白？你不曾拥有，怎么会害怕失去？只有拥有过的人，才会害怕失去。”

胡心水稍稍放下心来，看来他还不知道她的真实身份。她将脚往盆里放，一碰到水就缩了回来。

“水凉了？”豁影走过来，手伸进木盆里试了一下水温，“我给你重新打一盆。”

“不用不用。我的脚好多了。”其实脚还是疼，她是害怕那位妇人和小姑娘又出来。

话音刚落，胡心水看到木盆里的水无故起了波澜。接着，外面响起一阵叮叮当当的金属碰撞的声音。胡心水感到整个房子都在震动。

“他来了！”豁影惊恐地说道。

“谁？”胡心水见他惊恐，也跟着害怕起来。

“会让你失去一切的人。”他脸色煞白。

胡心水听不懂。

他继续说道：“就是他刺穿了我妹妹，我母亲被他推下水井淹死了。我们一家人都是被他杀掉的，要不是那天爷爷生病，我出去帮他采药，我也不会活到今天。”

“可是……她们刚才不是还出来了吗？”胡心水知道

刚才出来的妇人和小姑娘的举止异常，但对于她们已死这件事还是难以置信。

他嘴角扯出一丝笑意，说道：“是我让她们出来的。我把她们做成了傀儡，让她们按照生前那样在这里走动。”

胡心水明白了。最先遇到的那位老人也是豁影操控的，竹篓子里的头就是他的脑袋，在野外不能像在这里一样躲在墙壁后面隐藏自己，所以他藏在那位老人的身后，操控老人的一举一动。

“只有这样，我才不会失去他们。”他的脸皮在抽搐，“可是我的能力有限，不能让他们完全像生前那样。刚才操控妹妹的时候，我没给你倒好水，她以前绝不会连水都倒不好。之前我操控她的时候，也常常不像生前的她。所以我把你骗了过来，想把你也做成傀儡，以此提高我制作和操控傀儡的能力，再改良我妹妹，让她跟以前一模一样。”

胡心水浑身一凉。

“不过看到你为我妹妹担心的时候，我改变主意了。你快走吧。那个人看到你，也会杀了你的。”豁影说道。

震动越来越剧烈。木盆里的水都溅出来了。

“那个人为什么要杀害你的家人？”胡心水问道。

“皇上身边的宰相谋逆失败，从落阳城逃出来了。据说宰相会易容术，能变成任何人的样子。宫里派出很多人到处寻找他。凡是有疑点的人，都会被杀掉。”

“变成任何人的样子？”胡心水很惊讶。她听师父说，只有妖怪才能变化成其他模样，人是不能随意变化的。

“是的。在他的双手下，人不是皮肉骨血，而是泥土。”豁影说道。

从这一点上来看，那个宰相倒是跟师父的观点有相似之处。师父说，每一粒尘土，都曾或是一棵树，或是一朵花，或是一只奔跑的兽，或是一个人，最后又化作尘土。那么人是从尘土里来，又回到尘土里去的。

人是尘土的一部分。

“他来过这里？”胡心水问道。

“我不知道他来没来过。宫里的人必定认为他来过这里。”

“那宫里的人抓到他了吗？”

“没有，谁也不知道他去了哪里。你快走吧，再不走就走不掉了。”他着急道。

震动更加剧烈，木盆已经跳了起来。

外面一个嘶哑且低沉的声音响起：

“出来吧，我知道你还活着！”

豁影见来不及了，小声道：“你就在这里，不要出声，不要出去。”然后，他深吸一口气，往外面走去。

胡心水宁可被那个可怕的人抓住，也不愿意再跑一步，她的脚太疼了。她悄悄爬到墙边，小木屋的墙壁上有许多缝隙，能从缝隙中看到外面。

外面居然有六个人，个个身披重甲，腰间挎斧，如一只只穿山甲。只有一人骑着高大的马，其余五人站在那人前面，弯腰驼背。骑马的人一只手拽着缰绳，另一只手握着一把绳子，绳子分别连着前面的五个人，仿佛牵着五条狗。

师父说过，山外的人喜欢控制其他的生灵。以绳索穿过牛鼻，使得牛受其控制。以锁链束缚狗，使得狗受其指使。以囚笼困住鸟，使得鸟供其玩赏。

但她从未听师父说过人还可以以这样的方式控制其他人。

那五个人个个龇牙怒目，气势汹汹，仿佛绳子一松开，他们就会冲过来，将小木屋撞碎，将相形之下瘦弱许多的豁影生吞活剥。

她不禁为豁影捏了一把汗。

豁影站在了门口。

骑马的人看到豁影出来，便勒住马，拽了一下绳子。“穿山甲”们停止了前进。

木盆顿时安静了，震动停止了。

骑马的人道：“我听说有人看到你死去的家人出现在山野间，莫不是朝廷罪犯治好了你的家人？他那双手，可以让受伤的皮肤愈合，让断掉的骨头连接。他应该藏在你家里吧？”

胡心水心想，必定是有人看到已经成了傀儡的豁影的爷爷在山上采药，偷偷告诉了他。

豁影走出门，跪在地上，回答道：“大人，我的家人都已被你们杀了，如果在山野间被人看到，那也是舍不得离去的孤鬼游魂。”

“是吗？那让我进屋搜一搜看看。”那人脚踢马肚，马趋步向前，五只穿山甲抬脚迈进。

木盆又跳了起来。

豁影双手扶地，伏身跪在原处。

眼看中间的穿山甲要踩到豁影的手了，那人又勒住马，拽了一下绳子。

“让开！”那人喝道，“上次你侥幸不在，逃过一劫。我念你小子福大命大，没来杀你。你可要好好惜命！不然我的马会将你踏成肉酱！”

“朝廷罪犯确实没有来过我家！我的家人都是冤死的！”豁影哭诉道。

中间的穿山甲从腰间拔出刀来，架在豁影的脖子上。

“让开！”骑马的人厉声道。

这时，胡心水听到身后传来窸窸窣窣的声音。她回头一看，刚才的妇人和小姑娘不知道什么时候走出来了！

她俩站在豁影擦拭过的地方，看着外面即将被砍杀的豁影，浑身抖抖瑟瑟。妇人张了张嘴，似乎由于巨大的恐惧而没有说出话来。小姑娘紧张地抱住了妇人的腿，似乎害怕看到她的哥哥身首异处而将头埋在妇人的衣服里。

她们不是傀儡吗？怎么会在这个时候走出来？胡心水又惊又怕。

跪在刀下的豁影回过头来，看着走出来的妇人和小姑娘。他的目光中充满了不舍，一滴泪珠从他的眼角流了出来，顺着脸颊往下滑落，恰好落在了横在脖子上的刀刃上。

胡心水不知道自己是不是产生了幻听，豁影的泪水滴落在刀刃上的瞬间，她听到了“嗡”的一声，似乎是刀刃被泪水击中之后产生的回响。虽然她也为豁影生死悬于一线而担心，却莫名觉得这“嗡”的一声煞是好听，如同一只蜜蜂绕耳，如同一根琴弦被撩拨。

这一声响过之后，胡心水看到又一位小姑娘走了出来，接着，更多的人走了出来。豁影的爷爷也在其中，他的手里还是握着那把小锄头。

骑马的人见豁影回头，循着豁影的目光看了过来。他看到他亲手杀死的人都站在小木屋里的瞬间，吓得猛地往回拽缰绳。马一个仰身，几乎直立起来。马前的五个穿山甲一样的人被拽得连连后退。

“窝藏朝廷罪犯你知道是什么罪吗？”骑马的人惊叫

道。他认为是宰相将豁影的家人全部治好了。

“罪当灭门。”豁影大声回答道。

“杀了他！”骑马的人怒不可遏。

先前拔出刀的人将刀举过头顶，看其架势如劈柴一般，要将豁影劈为两半。

胡心水吓得叫出声来。

“不许伤我孙儿！”

胡心水听到豁影的爷爷撕心裂肺地呼喊。

接着，她看到豁影的爷爷如离弦的箭一样飞奔出去。

在那把刀就要落在豁影的头上时，豁影的爷爷居然已经来到穿山甲身边，以手抓住了刀刃，制止它继续往下。手上流出的血顺着刀刃往下流。

“你居然会操控术！”骑马的人惊讶道。

胡心水看到豁影的手指在不停地抖动，他的手指与他爷爷的身体之间有若隐若现的细线。她跟在豁影的爷爷身后来到这里的时候，就在竹篓子里看到过这样的细线。

“我只是想留他们在我身边。”豁影咬牙切齿。

“你现在让开，我或许还能放你一条生路！”骑马的人吼道。

豁影左手一抖，豁影的爷爷举起小锄头，向穿山甲猛力一击。

当——

穿山甲的盔甲连个刮痕都没有留下，小锄头却从豁影的爷爷手里弹了出去。

“不自量力！”骑马的人轻蔑道。然后，他抓住五根绳子中的一根，手指一动，另一个穿山甲抽出刀来，一刀将豁影的爷爷刺透。

“那就只好再杀一次了。”骑马的人冷冷地说道。

“爷爷！”豁影看到刀尖从爷爷的后背钻了出来，痛苦地大喊。

骑马的人嘲讽道：“是你操控他出来再次受死的，怎么还装出悲伤的样子？”

豁影抹泪道：“他们活着的时候会怎么做，我就怎么操控。只有这样，我才觉得没有失去他们。”

胡心水明白了。妇人和小姑娘以及其他人仍然是傀儡，他们之所以走出来，是因为他们生前若是看到豁影即将被杀，一定不会躲着不出来。就像他让妇人给她端来木盆，让小姑娘给她添水一样。若不是这样，豁影感觉不到他们的存在，或者说，不能给他造成他们还在这里的错觉。

豁影的爷爷倘若活着，此时必定会冒死相救。

与其说是豁影的爷爷受控制，不如说是以另一种方式“活着”。

师父说过，山外的人大多喜欢控制别的人或者别的事物。为师喜欢自由自在，不喜欢控制与被控制，所以选择胡林山避世而居。

胡心水问师父道："师父不喜欢，不做便是了，何必非得避开？"

师父说："山外还有一种情感，人们称之为'爱'。爱是控制，所以我要远离人世间。以后你若是到了人世间，一定要小心。"

胡心水心想，豁影是爱着他们的，他害怕失去"爱"，才会控制他们，让他们不离开。

"那我让你再尝一次失去的滋味！"骑马的人另一个手指一动，另一个穿山甲拔出刀，向小木屋投来。

那刀划破空气，发出凄厉的怪叫，精准地刺向给胡心水端过木盆的妇人。

穿山甲的力气太大，刀在刺中妇人后，仍推着妇人继续前进，直到扎在了妇人身后的墙壁上。

这一下彻底激怒了豁影。

豁影大叫一声，蹬地而起，双手高举，然后用力地朝骑马的人甩去，仿佛举起了一块无形的石头朝骑马的人扔了过去。

就在胡心水疑惑他这些动作的时候，小木屋里的几个傀儡如蝙蝠一般腾空而起，飞了出去。

当胡心水看到空中的傀儡时，终于明白为什么她只见到了豁影的爷爷、母亲和其中一个妹妹，而没有见到其他人。

因为其他人的面貌实在太恐怖了。刚才胡心水只看到了他们的侧脸，并不觉得可怖，现在抬头看到他们的全脸，或有刀伤，或已腐烂，眼睛暴出、唇牙腐烂。难怪刚才马见了他们都吓得差点扬蹄逃走。

他们的衣服经过了改装，双臂张开的时候，宽大的袖子如同鸟翼，便于飞翔。袖子在风中抖动，猎猎作响。

骑马的人完全没有想到这些傀儡能飞越马前的五个铜墙铁壁一样的穿山甲，顿时大惊失色。

胡心水看明白了，骑马的人是会操控术的，那马前的五个人其实是半人半傀儡。豁影若是先对付那五个半人半傀儡，几乎没有胜算。唯有避开那五个半人半傀儡，直接与骑马的人殊死一搏，才有一线希望。

可是在胡心水看来，这一线希望太渺茫了。傀儡虽然直奔骑马的人而去，可傀儡手中并无利器，如何能打败穿山甲一样身披重甲的对手？

接下来的一幕让胡心水目瞪口呆。

空中的傀儡落在骑马的人身上，如同几只麻雀落在一棵树上。两个傀儡分别抱住骑马人的手，另外两个傀儡居然张开腐烂的嘴，直接朝那人的脸咬去！

几口下去，骑马人的头盔便仿佛成了一口铁锅，头盔里的脑袋便仿佛成了铁锅里炖烂的肉。

骑马人的惨叫声让胡心水毛骨悚然。

由于骑马人双手乱舞，马前的五个半人半傀儡姿态怪异地挥刀乱砍，却什么都没有砍到。

骑马人很快便不再反抗了。他从马背上跌落下来，打了一个滚，不动了。

五个半人半傀儡站在他身边，还在等待他的指令。马也在原地踢踏。

豁影看了看面目全非的骑马人，微笑着对五个半人半傀儡说道：“家仇已报。我自知不是你们的对手，要杀要剐，任由你们处置。只是屋里还有我一位朋友，她只是路过这里，请你们放了她。”

中间那个半人半傀儡发出极低的声音：“我们成为傀儡多年，经脉早已紊乱，唯有操控师能操控我们，我们自己移动都十分困难，用尽力气才能说话。我们倒要请你手下留情。”

豁影捡起骑马人手中的绳子，轻轻一甩。果然五个半人半傀儡往前跃出，地面为之一震。

豁影往回一拽，他们立即连连后退。

“原来如此！”豁影丢下绳子，走到他们面前，“刀虽然在你们手中，但你们是被他操控的。我可以留你们活命。”

中间那个半人半傀儡费力地说道：“他身上虽没有线，

但其实他也是傀儡。是皇后派他寻找逆贼，存疑者杀之。”

豁影低头看着骑马人，沉默不语。

半人半傀儡说道：“你快走吧。如果他三天不给宫中飞鸽复命，皇后就会知道他已经死了。”

“我不走。我的家就在这里。我怎么可以走？又能走到哪里去？”他伸手凭空一抓，两个傀儡缓缓从骑马人身边爬起来，可是还没有直起身，双手和头颅便耷拉下来。

“他们的骨头已经腐坏，刚才一撞，必定是散了架，做不了傀儡了。”半人半傀儡说道。

豁影另一只手又凭空一抓。另外两个傀儡只有手往上举起，站都站不起来了。

“都怪我……”豁影沮丧道。

胡心水从小木屋里走了出来，安慰道：“不是你的错。人失去精气之后都会化为尘土。你刚才不操控他们，他们也会坏掉。”

半人半傀儡的脑袋无法转动，眼珠子朝她这边斜了过来，看起来神情怪异。

豁影走到半人半傀儡面前，将双手的十个指头一一在刀刃上抹过。细线断了，飘然落地。

“既然你们要走，我就不强留了。”豁影悲戚地说道。

“让他们入土为安吧。”半人半傀儡说道。

豁影摇摇头：“入土不安，他们是无辜被杀的，怎么可能安宁？还有许许多多跟他们一样被无辜杀死的人，都不会安宁。”他看了一眼胡心水，说道，“你知道怎么去落阳城，对不对？我要跟你一起去落阳城。”

“你……去落阳城干什么？”胡心水记得他说落阳城没什么好去的，烟花没什么好看的。那个五百年前的传言，他也不相信。

“我原以为杀了这个人，就报了仇血了恨。现在我才明白，杀我家人的不是他，而是宫中操控全局的人。我用细线控制傀儡，宫中人用权力控制傀儡。权力才是高级别的操控术。如果我不杀了用权力操控别人的人，还会有很多跟我一样的人失去亲人。”

胡心水心想，师父说的果然没错，山外的人喜欢控制别的人或者别的事物。

可豁影说权力才是高级别的操控术。师父为什么不让我小心权力，而是小心“爱”？

“你要刺杀皇后？”半人半傀儡低声吼道。

“有何不可？”豁影道。

“不知天高地厚！落阳城戒备森严，禁军八万，我们这些重甲兵连入选的资格都没有。宫中更是高手如云。能变成任何人模样的宰相都要逃出城来，以求自保。你一个荒村小子，竟然妄想刺杀皇后？”半人半傀儡的声音越来越嘶哑，仿佛被人捏住了喉咙。

“我若逃走，会像宰相一样一路牵连许多无辜的人。还不如反而往落阳城去，死则死矣，免得牵连他人。”豁影淡然一笑。

半人半傀儡不再说话。

豁影将骨头散架的傀儡拖回小木屋，然后搬了几捆干草堆在墙角，以火点燃。

很快，整个小木屋燃烧起来。

此时天色已经有些暗了。小木屋的火焰让四周又亮堂起来，仿佛夜晚尚未到来，黎明之光就已经降临。

不过黎明之光非常短暂。

胡心水以为小木屋会燃烧很久，不料不一会儿小木屋就被烧得干干净净。黑色的灰烬被热气蒸腾到了高空，然后洋洋洒洒地落下来，落在她和豁影的身上。

一间小木屋就这样消失了。

“尘归尘，土归土。”豁影伸手接住如黑色雪花一般从天而降的灰烬，喃喃念道。人要回到泥土里去，小木屋也回到泥土里去了。

“你的脚还疼吗？”豁影问道。

胡心水点头。

“那我背你走吧。去落阳城的话，该往哪里走？”豁影在胡心水面前蹲下身，想要背她。

胡心水咬牙道："我还能走。只要一直往北走，就能到落阳城。"

"像你这种人，光靠自己是走不到落阳城的。趁着天要黑了，我先背你一段路，等到了白天，咱们各走各的，免得连累你。"豁影说完，不由分说地将胡心水背了起来。

"保重！"半人半傀儡忽然说道。

豁影背着胡心水走到半人半傀儡身边，拍了拍半人半傀儡的铠甲，说道："你们也保重。我不能带着你们走，你们只能等朝廷新来的操控师带你们走了。"

豁影背着胡心水一路往北走。天色已经完全暗了，路边草丛里的小虫开始鸣叫。地上的路反而越来越白，仿佛漂在海上的白布条。

"你怎么这么轻？"豁影打破了长久的沉默。

师父说过，修炼成人的妖怪往往比人要轻很多，那是因为人身上的烟火味儿重。如果去掉烟火味儿，人和妖怪就一样轻了。因此，人若是能去掉身上的烟火味儿，就会变成妖怪；妖怪若是染多了烟火味儿，就会成为一个普普通通的人。

"因为我是妖怪啊。"胡心水说道。

"哈哈哈……"豁影笑了起来。

"你笑什么？"

"你怎么可能是妖怪？妖怪怎么可能需要人背？"豁

影说道。

胡心水心想，对哦，我怎么是这么弱的妖怪？

豁影接着说道："你肯定是好久没有吃饭了，才饿成这样的。这样吧，前面南边不远有个小镇，我们先去那里吃点东西，再继续往北方走。"

胡心水一路上听到豁影的肚子咕咕叫了很久。他是自己饿了，故意说她好久没有吃饭。

"那好吧。"胡心水不想戳破他。

"你到了那里，不要说话，也不要乱看。"豁影说道。

"为什么？"

"这么晚了，其他饭馆都已经打烊，只有烟花巷还有吃东西的地方，那里不让女人进去。"豁影说道。

"烟花巷？有烟花吗？"胡心水问道。

豁影不耐烦道："这个烟花不是那个烟花的意思。"

"那这个烟花是什么烟花？"胡心水好奇地问道。

"去了你就知道了。"豁影懒得解释。

胡心水不知道哪里惹他不高兴了，于是不说话了。

又走了不久，他们来到了一座山的半山腰。

"喏，下面就是了。"豁影说道。

胡心水往山下看去，果然看到山脚下有许多灯火，蜿蜒如龙。

豁影将她放在一块干净的石头上，说道："你把头发束成我这样。”

胡心水照办。

豁影将自己的外衣脱下，叫她穿上。

“嗯……这样应该看不出来了……记住，不要说话，也不要乱看。”豁影满意地点点头，又将她背了起来。

第二章
烟花巷

下山的时候，豁影说道：“幸亏你这张脸不是很好看，不然我都不敢带你来烟花巷。”

“好看就不能来吗？”胡心水摸了摸自己的脸，心想，看来师父也不知道人世间何为美，何为不美。下山之前，师父说什么好看的脸容易引起祸端，还给我脸上贴了一张画过的纸。现在看来是多余的。

“好看的脸来了这里就如烟花，观看者赏心悦目，脸的主人绽放后转瞬即逝。这就是烟花巷的名字的由来。”豁影下山的脚步越来越快。

胡心水对烟花巷更加好奇了。是什么样的地方能让人的脸像烟花一样绽放？

下了山，来到了灯火通明的烟花巷，虽然豁影嘱咐再三，胡心水还是抑制不住地往街道两边看。

师父说，山外的人日出而作，日落而息。可这里的街道上到处都是人，街边有许许多多好看的姑娘。

街边的第一位姑娘，就让胡心水觉得既漂亮又诡异！

那位姑娘的脸真是美，可惜的是面无表情、眼神空洞。虽然身姿也好看，不断地扭动，却如一条被困在浅水坑里的鱼，让胡心水莫名为她担忧。

那位姑娘穿着单薄却艳丽的衣裳，衣裳过于宽松，袖子和裙裾却太短，露出苍白得像纸一样的手和脚，那手和脚显然是打过粉的。师父说过，山外爱美的女人常施粉黛，粉为白色，黛为青黑色。

那位姑娘身后的房间里坐着一个鸡皮鹤发的老妇人，老妇人则目光炯炯地看着街道上走过的每一个人，脸上洋溢着笑，十个手指不停地抖动。老妇人的手指上有许许多多的细线，细线束在一起，高高地悬于门头之上，垂下的另一端连接在姑娘的身后各处。

胡心水想起豁影与骑马人相斗的场景，瞬间明白那位姑娘的一举一动都是老妇人操控所致。

胡心水听到旁边两人在交谈。

一人喜上眉梢道：“我看这个就不错，今晚就在这里留宿吧！”

另一人劝道：“再往里面看看吧。不能只看姑娘漂不漂亮，还要看后面那老婆子曾经是什么身份！我听说今晚那边有个老婆子是从皇宫里逃出来的，以前专门教秀女、妃子如何讨好皇上。她会让姑娘用伺候皇上的方式伺候客人。”

“哦？还有这样的好事？”

“这烟花巷的妙处，妙就妙在既有好看的容貌，又有销魂的技艺。前面的姑娘负责容貌，后面的老婆子负责技艺。别看了，往里面走吧！”

豁影也步履不停地往里面走。

胡心水看到每一位姑娘的背后都有一位老婆子。区别在于有的细线多，有的细线少。多的如同织布机，少的仿佛放风筝。

她正看得目不暇接，豁影忽然转了一个弯，走进了一家饭馆。

豁影将她放在长凳上，揉肩捶腿。

小二凑了过来，问豁影要吃点什么。

豁影道：“两碗面。”

待小二离去，豁影羞愧道：“我没什么钱，只能吃些面垫垫肚子。”

胡心水道：“我不饿。”

就在这时，一个胖乎乎、脏兮兮的人在豁影对面坐下，大大咧咧道：“我饿了！你不吃，就给我吃吧！”

“你是谁？”豁影警觉地问道。

那胖子叩了叩桌子，说道：“你胆子可真大！连我都不认识，你居然敢到烟花巷来？”

豁影心虚道：“我确实不认识你。我以前没来过这里，只听人说过这里的事情。”胖子双手环抱于胸前，得意道：“就说嘛！常来烟花巷的人，有谁不知道我？你初来乍到，不知者无罪。待会儿面上来了，让我吃一碗，我就饶你这一回！”

旁边吃饭的客人听到胖子的话，哄笑了起来。

豁影狐疑地打量胖子，问道：“你既然这么有名，为什么要抢我一碗面吃？”

胖子撇撇嘴，挠挠下巴，说道：“你没听说过吗？一文钱饿死英雄汉！谁还没有个落难的时候！你给我吃一碗面，以后在烟花巷有什么事都可以找我。”

旁边的客人又大笑不止。

这时小二端着放了两碗面的餐盘过来了，他见了那胖子，噘起嘴巴来，像驱赶鸡鸭一样发出“去去去”的声音。放下餐盘，他踢了胖子一脚，骂道：“怎么像个苍蝇似的赶走又来了呢？非得又挨一顿打，是吧？”说着，他举起手来，吓得胖子连忙抬手招架。

小二没打他，收回了手，转而对豁影说道：“你可别被他骗了。烟花巷的人确实没人不认识他，他在这里要饭要了三四年了。天天去中街那里看一个姑娘，可又没钱进姑娘的店，简直无赖！”

胖子仍然举着手招架，害怕小二冷不丁打他。

旁边一位客人笑道：“那个姑娘倒是因为他常去而出了名。我觉得那姑娘在烟花巷算一般的呀，操控她的老婆子技艺也不行，以前是磨豆腐的。我去试过了，那姑娘在她的操控下就像一个磨豆腐的磨盘，无趣得很。”

另一位客人嘲笑道：“说不定他是豆子变的，就喜欢磨豆腐呢！”

其他人哈哈拍手大笑。

胖子拍桌而起，愤怒地指着那位嘲笑他的客人吼道：“她可是正经姑娘！你们不要诬蔑她！”

饭馆里的笑声更大了。

“正经姑娘？你说烟花巷有正经姑娘？哈哈哈……你这么喜欢她，倒是把她娶回去呀……”那位客人笑得前俯后仰。

“等到今年中秋节放孔明灯的时候，我就把她带回去！”胖子信誓旦旦道。

“饭要白吃，姑娘你也要白捡一个啊？”那位客人讥讽道。

胡心水听得云里雾里，窃窃问豁影：“这里的姑娘是可以捡的吗？”

豁影吸溜了一筷子面，说道："这烟花巷的姑娘过了最好看的年纪，客人少了，就会在中秋节的时候做一个选择。"

"什么选择？"

"要么选择学习操控术，成为将来继续留在烟花巷的操控师，操控其他姑娘；要么选择做一个很大的孔明灯，在孔明灯下挂一个篮子，到了中秋节的晚上，姑娘点燃孔明灯，坐进篮子里。孔明灯就会慢慢升起来。这个时候，如果有哪个男子愿意一起进入篮子，而姑娘又接受，就会一起升到空中。由于两个人的重量，孔明灯在空中飞一段时间之后，就会慢慢落下来。他们落在哪里，就在哪里生活。无论是荒岛，还是陆地，抑或是水上，都不许离开。"豁影又开始吃面。

"如果没有人愿意跟她一起进入篮子呢？"

豁影咽下嘴里的面，叹了口气，充满同情地说道："那孔明灯会一直往上升，升到天上去。"

胡心水却不禁神往，说道："那就会住在云朵里吧？"

豁影摇摇头，将面吸得吱溜吱溜响。

豁影这一口面还没有吃完，两个重甲兵走进了饭馆。

豁影看见了，赶紧低下头，几乎将脑袋放进碗里。他伸出一只手将胡心水的脑袋也往下按。

“小二，赶紧上点肉来！”重甲兵将刀拍在桌子上，凶神恶煞地喊道。

坐在附近的客人害怕，赶紧起身离开。

小二也面露惊恐之色，但只能屁颠屁颠跑过去，取下肩头的毛巾，用力地擦桌子，赔笑道：“军爷，要喝点酒吗？”

重甲兵摆手道：“今天有重要差事要办，快点弄吃的来给爷垫垫肚子！这回就不喝酒了！”

胖子见豁影低了头，便将另外一碗面挪到自己面前，不客气地吃了起来。

豁影此时哪还能顾及那碗面？只得让胖子吃了。

胖子瞥了豁影一眼，一边吃面一边贼笑不已。

重甲兵等小二上肉的时候，环顾四周，一眼就看到了胖子。他朝胖子招手：“死胖子！怎么跑到这里讨吃讨喝来了？过来！过来！”

胖子放下面，笑嘻嘻地走到重甲兵的桌前，恭恭敬敬道：“军爷这么晚了还在当差，真是为了一方平安费心费力！令人敬佩！”

重甲兵听了还挺受用，整了整身上的铠甲，抬起手拍了拍胖子的脸，像是拍瓜，然后问道：“你对这烟花巷最熟悉了。我问你，今晚有没有看到什么生面孔？”

胖子不敢扭脸避开，任由他拍得五官变了形，仍然好声好气地问道：“军爷，这是发生什么事了？”

重甲兵说道："有个宫里派来的人被杀了。杀人者跑了。这不，晚上了还要出来巡查，真是折磨人。你若是看到可疑的生人，一定要如实禀报，说不定还能弄点赏金，混几天的饭钱。"

胡心水顿时紧张起来。重甲兵说的不就是豁影吗？刚才豁影不给他面吃，他要是向重甲兵举报，那就糟糕了。

豁影也听到了他们的对话，吓得手一抖，筷子从手中滑落，掉在了地上。

一个重甲兵听到筷子落地的声音，朝这边看来。

另一个重甲兵起了疑心，提刀站了起来。

胖子回头看了一眼，急忙拦住那位站起来的重甲兵，笑道："那两位是我的朋友，不是生人。你看，他们还请我吃面呢不是？"

"他紧张什么？"提刀的重甲兵喝道。

胖子笑道："见了两位军爷的威风，谁不害怕敬畏？我这朋友胆小，失礼了，失礼了！"

提刀的重甲兵坐了下来。

"要是我后面看到可疑的人，必定立即向军爷禀报！到时候还请军爷多给一点赏金。"胖子拱手道。

"嗯。回去吃你的面吧。"重甲兵朝他摆手道。

"哎。"胖子连连点头，回到桌边继续吃面。

小二上了两盘肉，重甲兵胡乱吃了几口，就叫小二用荷叶包了，然后拎着，账也不付，大摇大摆地走了。

重甲兵一走，饭馆里又恢复了热闹。

豁影愧疚地对胖子说道："多谢救命之恩！"

胖子赶紧上前捂住豁影的嘴，小声道："天哪，还真是你杀的呀？我看你急匆匆地进来吃饭，街道两边的姑娘看都不看一眼，还以为你只是个小偷，恰好碰到他们而已。"

"我从来不偷人家的东西。"豁影扒开胖子的手，义正词严地说道。

"你是操控师？"胖子惊讶地看着豁影的手指，声音变得更小。

胡心水不知道胖子是如何发觉豁影是操控师的，她也朝豁影的手指看去，这才发现豁影的手指上有许多细且直的血痕。这些血痕应该是他操控傀儡击败骑马人时留下的。傀儡速度越快，细线的力道就越大，他的手指就会被细线割伤。

豁影急忙将手藏到袖子里，对胡心水说道："我们走！"

"你就这样走的话，碰到其他会操控术的人，就会马上暴露。"胖子按住豁影的肩膀，不让他起来。

"你也会操控术？"豁影问道。

胖子尴尬地笑了笑，说道："我在操控方面的天赋低，师父只教过我怎么给操控师治疗伤口。"

"你会给操控师治疗伤口？"豁影不相信。

胖子道："不信？我以前在落阳城的雷家学习技艺，后来宰相谋逆，本是皇亲国戚的雷家也受了牵连，我就流落到这里来了，刚好遇到以前认识的姑娘，就一直留在了这里。"

豁影惊喜道："你在雷家学过技艺？雷家的雪蚕丝可是最好的操控线！你用过吗？雷家二小姐是云来山的学徒中最能称为天才的操控师，你见过她吗？"

胖子不好意思地挠着后脑勺，说道："都说了我在操控方面的天赋极低，哪有机会用雪蚕丝？更没有机会见雷家二小姐。"

豁影大失所望。

在说话的时候，胖子从腰间摸出一团黑色的东西，在手中揉化。

胡心水闻到一股淡淡的药香味。

胖子将豁影的手夺了过去，在他手中揉捏不止。

豁影想要挣脱，却被胖子攥得很紧。

"你这是干什么？"豁影终于将手挣脱出来。

"你看看你的手。"胖子笑嘻嘻地说道。

豁影看了看刚被胖子捏过的手，惊讶地发现手上的伤痕全部消失了！手上的皮肤变得比刚才白皙细腻了许多，仿佛蛇蜕皮，原来手上的皮肤蜕去了，留下的是一只新生的手。

“哇！”胡心水忍不住惊叹。

胖子将豁影的另一只手握住，像刚才那样揉捏。等胖子松开手，豁影的一双手都如脱胎换骨。

“没想到你有这样神奇的治疗术！”豁影将自己的手翻来覆去地看。

胖子此时倒谦虚得不像他了，说道：“雕虫小技而已。上任宰相才是个中高手。他那一双手可以把你捏成任何形状。”

“你说的是那个谋逆的宰相？”豁影问道。

胖子笑道：“谋逆与否我不清楚，但我说的就是他。他还在落阳城的时候，无数人求助于他，希望获得美丽的容颜和妙曼的身姿。”

“也是他害死了我一家人。”豁影狠狠道。

胖子道：“那怪不得他，滥杀无辜的是当今皇后。他可以变成任何人的模样，没人能抓到他。皇后这么做，是为了逼他出来。他当宰相的时候可是胸怀天下人的好宰相。”

“既然是好宰相，为什么牵连这么多无辜之人后还是不出来？他不知道这样下去还会有很多人因为他而死去吗？”豁影道。

“或许现在的他忘记自己是谁了吧？”

“忘记自己是谁？”

胖子望着街道上来来往往的人，淡淡道：“是啊。他变换太多的模样，就会忘记自己的模样，最后会忘了自己。”

胡心水也朝街上看去。街道两边的房屋就如河岸，人在房屋之间的街道上就如流水。

师父说过，你要修炼成人，就要忘记自己。你若是想着原来的自己，就难以修得人身。有些生灵即使修炼五百年、一千年，也无法获得人身，就是常常想起自己的原来面目，因此无法全心修炼。你五百年刚满就得了人身，得益于你不知道自己五百年前是什么生灵。

莫非宰相为了逃避皇后的天罗地网，不得不忘记自己本来的模样，才能毫无纰漏地变成其他的样子？

“还有这回事？”豁影不理解。

胖子道：“那些经过宰相之手变换了模样的人，或多或少也会忘记一些事情。”

“这又是为什么？”

“是药三分毒。那些解救你的东西，也不可避免地会对你造成一些伤害。一心想要获得美好的人，自然也要承受一定的代价。不过这只是我的猜测而已，哪天你遇到了宰相本人，你问问他，或许会有完全不一样的答案。”胖子说道，“哦，对了，那时候说不定他不记得自己是谁，又怎么给你答案？”

“如果遇到他，我会杀了他。”豁影说道。

“忘记了自己的人就已经不存于世了。你若杀他，就是杀了另一个无辜的人。”胖子微笑地看着豁影。

“如果你的家人被牵连，你就不会这么说了。”豁影不服气地说道。

胖子长叹一口气，说道：“皇后果然有手段。她杀的人越多，恨宰相的人就越多。”

豁影弯腰施礼道：“朝堂斗争我不懂，但不共戴天之仇我不能不报。这次多谢搭手相救，敢问大哥尊姓大名，待我报仇回来，好报答大哥。”

胖子摆手道：“什么尊姓大名，你叫我胖子就行了。烟花巷的人都这么叫。”

豁影道：“既然大哥不想说，我就不问了。但愿我能在中秋节之前回来见证你和那位姑娘一起登上孔明灯。”

胖子笑道：“人生变数多着呢，你尚不知能否报仇，我也不知今年中秋节又是个什么景象。走一步算一步吧。”

“有变数是好事。我来之前，就有人说宫中高手如云，我杀不了皇后。既有变数，说不定我还真能报仇。多谢大哥这番言语。告辞！”说完，豁影掏出吃面的钱，放在桌上，然后给了胡心水一个眼神，示意要她一起走。

胡心水这才起身，眼见先前离开的那两位重甲兵居然从饭馆门口走了进来。

胡心水紧张不已，心想，莫非他们回过神来，发现豁影在这里了？

还是胖子机灵，他立即换了一副笑眯眯的表情，快步走到重甲兵身边，恭维地说道："军爷怎么回来了？看样子那个杀宫里人的罪犯被抓住了？"

重甲兵手里还提着荷叶包着的肉，高兴道："哪有这么快！不过我们得到消息，说那个杀人犯往北跑了，据说是要去落阳城刺杀皇后！哈哈哈，且不说他杀不杀得了皇后，他能往北再走十里路，就要谢天谢地了！"

胡心水心想，这消息应该是半人半傀儡告诉官兵的。可是……他们为什么说豁影往北走不了十里路呢？

胖子的话解开了胡心水的疑惑。

胖子拍掌道："就是！就是！往北二十里，就是捞刀河，只有一座桥可以过去。他要往北走，就得经过那座桥。在那里等着他，守株待兔！要绕过那条河，就要多走一天的路程。他怕人从后面追上来，肯定不绕路。"

胖子这话是故意说给豁影听的。

豁影脸色煞白，急忙回身，坐了下来。

重甲兵道："怎么能只守一座桥？沿河也有重兵把守。我们哥儿俩就不用像无头苍蝇一样到处找了。小二！来两壶上好的酒！"他高高兴兴地坐下来，将荷叶打开。另一个重甲兵将铠甲解开，少了一项苦差事，他也是一脸欣喜。

小二赶紧提了两壶酒来，给重甲兵斟满酒。

酒香钻入胡心水的鼻子，她忍不住用力地吸了几次。

师父说过，酒是一种药，专治人世间的一种病。那种病叫作烦愁。因此人世间有句话叫作“借酒消愁”。

胡心水看着畅饮的重甲兵，心想，师父又说错了。这两个人显然非常高兴，可是他们也喝酒。

胖子见那两位重甲兵喝得高兴，悄悄来到豁影身边，低声说道：“跟我走吧。”

豁影和胡心水跟着胖子走出饭店，回到热闹的街道上。

“你们不能往北走了。先在这里住一晚，明天再作打算吧。”胖子说道。

“可我的钱不够住一晚。”豁影说道。

胖子拍了拍胸脯，说道：“你们来了烟花巷，我就罩着你们。我给你们找一个住的地方。”他恢复了吃面之前的样子。

豁影见他自信满满，便点点头。

他们沿着烟花巷走了一段路，来到一个相对冷清的店前面。跟别的店一样，街边有一位姑娘，可是这位姑娘没有扭动。她看到了他们，可是身体像稻草人一样一动不动，只有眼珠子斜睨，跟骑马人的半人半傀儡一样。

胡心水往后面一看，原来姑娘身后的老婆子在打盹。

胖子小声道：“就这里。跟我进来。不要出声。”然后他像小偷一样蹑手蹑脚地往店里走。

“你……不是要偷东西吧？”豁影站在原地。

“不是偷，是借。睡觉的房间能偷走吗？”胖子将声音压得很低。

豁影想了想，跟着他往店里走去。

店里也很安静。柜台那边有个人靠着椅子睡着了，发出轻微的呼噜声。一只拳头大小的耗子正在台面上咬一颗花生。那个睡着的人的手放在台面上，手里有几颗没有吃完的花生。

耗子听到了他们的脚步声，往他们这边看了一眼，眼睛发光。

“嘘——”胖子对那只耗子发出声音。

耗子扭过头，继续咬它的花生。

胖子领着他们上了楼，楼上昏暗，借着外面街道的光，还能勉强看清屋里的情形。

“这家店的生意很差，这两三年我经常来这里睡觉。”胖子小声道，“你们不要拘谨，就当作在我家里吧。”

“两三年不怎么做生意，怎么还没有关门呢？”豁影问道。

“我哪里知道？”胖子道。

豁影不放心，他在房间里这里摸摸那里摸摸，把窗户打开又关上，把床上的被子掀开又铺好，又用手在桌上擦了擦，拿起桌上的茶具看了看又放下。

“你这是干什么？”胖子问道。

豁影道：“这里的东西都非常整洁，没有一点儿灰尘。显然，这里是有人收拾打扫的。你在这里睡过之后，打扫的人应该知道才是。”

胡心水走到桌前，摸了一下桌面，果然是一尘不染。

这时，外面响起了拍掌的声音。与此同时，外面亮起了几支蜡烛。房间里也明亮了一些。

“小小年纪，心思过人！”一个女人的声音响起。在胡心水听来，那声音如黄鹂鸟一样悦耳。

“谁？”豁影警觉地朝门外看去。

那女人站在了门口，一身淡黄色长衣，眼似秋水，眉似青黛，唇似滴血。

胡心水想起她在胡林山见过的黄鹂鸟，其颜色几乎完全相同。就连那双眼睛也如一种名叫黑枕黄鹂的黄鹂鸟一样，瞳孔中间为黑色，周边一圈竟然是红色！鸟的眼睛长这样并不觉得奇怪，可人的眼睛长这样，着实非常怪异。

女人用红色的眼睛看了看豁影，又看了看胡心水，然后走到胖子身边，问胖子道：“以前只有你来，睡完就走，今天怎么还带了别人来呀？”

胖子一惊，问道：“你是……”

女人微微一笑，说道："小女子名叫泡泡，是这家店的主人。"

"你是……这家店的主人？"胖子不敢相信。

女子低头看了看自己的装束，说道："这烟花巷，进店里的都是男人，我一个女子，且行动自由，不是店的主人，还能是什么人？"

"那……你之前知道我在这里住过？"胖子尴尬道。

女子朝胖子施礼，含笑道："我在这烟花巷开这家店，不为做生意，只为了让你有个好地方睡好觉。"

豁影低声道："我就说了吧……"

"你……为何这样待我？"胖子的眼神里既有感激，又有防备。

"在落阳城的时候，有一次我落难躲进雷家宅院，是你救了我。我这么做，不过是为了报恩而已。"女子谦卑地说道。

胖子拧眉思索。

女子笑道："别想了，你想不起来的。你就当我是你一门远房亲戚，在此接待你就是了。"

师父说过，妖怪生命太长，也就太孤独。修炼的过程，往往也是逐渐变得形单影只的过程。若是有人救过哪个妖怪，妖怪是必定会回来报恩的。人世间，人以血缘为亲。妖怪没有亲人，便会以恩人为亲人。

胡心水心想，难怪泡泡要把自己说成是远房亲戚。

胖子确实没想起来，但见她这么说，便顺水推舟道：“既然是亲戚，那我带两位朋友来，你不会不管他们吧？”

女子道：“我本不想打扰你们。奈何这位少年朋友把话说破，我只好出来。再者，官府到处追捕一名刺杀了宫中人的要犯，下令各家客店小心生面孔，发现了要及时上报。我担心你并不知情，出来提醒提醒你。”

豁影顿时手足无措，走也不是，不走也不是。走吧，那就在这位女店主面前露馅儿了；不走吧，显然女店主已经怀疑他了。若是她趁着他们睡觉的时候上报官府，岂不是坐以待毙？

胖子见女店主看豁影和胡心水的眼神有些怪，赶紧说道：“他俩是我的朋友，不是生人。”

女店主的目光最后落在胡心水身上。

胡心水感觉女店主那双红色的眼睛能发出光，看得她浑身难受，仿佛有人提着红灯笼往她身上照，仿佛她是夜间落在地上的物件，女店主要把她找出来。

女店主收回目光的时候，脸上露出一丝笑，好像知道了什么别人不知道的事情。胡心水心中一慌。

“朋友？什么朋友来到烟花巷只是为了吃一碗面？又是什么朋友不在别的店里住，要来我这个空空荡荡的店里住？”女店主有意无意地绕着胡心水走了一圈。

胖子噎住了。

豁影也不说话。

显然，女店主已经看出端倪了。

整个房间只有女店主来回走动的脚步声，以及外面的烛火被风吹动发出的噗噗声。在烛火的照耀下，四个人的身影落在对着门的那面墙壁上，如同扭曲的巨人。

胡心水看着女店主的身影，似乎她的身影要比豁影和胖子淡一些。烛火一动，她的身影也比豁影和胖子要飘逸一些。

师父说过，修炼成人的妖怪有善有恶，善良的妖怪的影子会比常人要淡一些，恶毒的妖怪的影子会比常人要深一些。这种区别只有妖怪能看出来。

师父说，影子是最接近灵魂的东西，是灵魂的映照。妖怪本是没有善恶之分的，在人世间待得越久，烟火味儿越重，就染了人的善与恶。越善的灵魂越轻，越恶的灵魂越重。而人的影子不分善恶，因为人比妖怪会伪装。正因为这样，人也看不出影子的区别。

下山之前，胡心水没有见过其他人的影子，不知道何为深，何为浅。但她能看到树的影子、房子的影子、窗棂的影子。她观察过自己的影子，确实要比那些影子淡一些，她也悄悄观察过师父的影子，师父的影子要比那些影子深很多很多。

胡心水想起师父说的话，于是打破了沉默，说道："你猜得对。我们就是官府要找的人。本来我们不想来这里打扰你，吃完面就继续往北赶路的。可是北面的捞刀河有官府的人把守，等着我们自投罗网。一时之间，我们没了主意，只好来你的店里休息一晚再作打算。"

豁影见胡心水坦白了，大吃一惊，急忙澄清道："她说得不对！官府要抓的人是我，与她无关。她要去落阳城看烟花，我要去落阳城报仇，所以恰好同路。"

女店主见豁影为胡心水辩解，又听他说要去落阳城报仇，看他的眼神为之改变，露出些许欣赏的神情。

"去落阳城报仇？我听说被杀的人是皇后派来的操控师。莫非你要找皇后报仇不成？"女店主问道。

"正是！"豁影咬牙切齿地回答道。

"无知者无畏。"女店主冷冷说道。

胖子咳了一声，小心翼翼地问道："能不能……让他们在这里住一晚？我带他们明天天亮之前离开。你就当没见过他们。可不可以？"

"当然不行。"女店主毫不犹豫地拒绝了他。

胡心水紧张起来。莫非师父说的话错了？

"那……我们不住就是了。"胖子见势不妙，一面往外走，一面朝豁影招手，想要带他和胡心水离开这里。

“楼下的门我已经关了。想走？没那么容易。”女店主侧头，轻蔑地看着他们。

胖子站住了。

女店主说道：“若是官府的人抓住了他们，知道他们来过我的店，而我又没有上报官府，那我这个店就别想在烟花巷开下去了。你说是不是？”

“你想怎样？”豁影问道。

胡心水看到豁影的手指张开，像是要抓住一个无形的东西。但是他的手指很快松弛下来。她心想，这应该是他习惯了操控傀儡，刹那间以为自己还可以操控傀儡与女店主一决高下。但是他很快明白那些傀儡已经和小木屋一起化为了灰烬。

女店主也看到了豁影的反应，低头看了他的手一眼，眼睛里的红圈似乎被点燃，问道：“你的操控术是从哪里学的？”

豁影将双手背到身后。

“你也知道操控术？”豁影刚问出口，就知道自己问得多余。烟花巷的姑娘都算是操控术下的傀儡。

“虽然你的手被人治疗过，但从招式上来看，似乎是……”女店主不由自主地瞟了胖子一眼，“……雷家的风格？”

只是这一个不经意的眼神，胡心水已经心知肚明。胖子是从雷家出来的，泡泡自称曾在雷家宅院被胖子所救，自然他们或多或少都见识过雷家的操控术。泡泡那一个眼神，显然是询问胖子是否认同。

莫非……胖子之所以在饭馆搭救豁影，是因为他从豁影手上的伤痕看出豁影使用的是雷家风格的操控术？胡心水也情不自禁地朝胖子看去。

胖子愣了一下，连忙摆手道："我不懂什么操控术，只会一些简单治疗术。"

女店主见胖子这样，点点头，微笑道："既然这样，那就在这里暂住一晚吧。"

胖子仿佛没听清楚，狐疑道："你……不怕官府知道吗？"

女店主走到窗边，将窗户拉开一条缝，街头的嘈杂声与红红绿绿的灯光立即如水一般往房间里倾泻进来。

女店主从缝隙里往外看，有些出神，没有回答胖子的话。

胖子和豁影你看我，我看你，不知道女店主在想什么。

胡心水看出来了，泡泡应该是想起了一些久远的往事。

师父说过，人害怕妖怪，往往是因为妖怪很容易知道人在想什么，知道人渴望什么，知道人害怕什么。之所以容易知道，是因为妖怪活得太长了，见过的太多了，就如一个老人看到一个小孩子，往往能猜到小孩子在想什么，要做什么。师父说，在妖怪面前，大部分人是小孩子。

师父还说，在人世间待久了的妖怪，因为染上了人的习气，时常容易被没在人世间待过的妖怪看穿，就像妖怪看穿人一样。

胡心水感觉自己此时看穿了泡泡的心思。

女店主关上了窗户，转过身来，深吸一口气，缓缓吐出，然后说道："官府已经在捞刀河布下天罗地网，你们是逃不过去了。可是你们躲在这里，迟早也会被发现。逃也是死，躲也是死。"

胖子和豁影面面相觑，不知道她到底想说什么。

胡心水接了她的话，说道："那你有什么办法？"

女店主见胡心水说出这样的话，有些疑惑地看着她，然后走到她面前，抬起手来捏住她的下巴，将她的脸细细端详。那双红色的眼睛让胡心水感觉自己是被一只好奇的怪鸟盯住了，随时可能被它用硬而尖的嘴将自己的脸啄伤。

"真奇怪，我应该能看清你的，可是你的脸好像被什么东西挡住了，让我看不清你到底是什么样。而你能看清我。"女店主放开了手，失望地说道。

胡心水在自己的脸上摩挲。有什么东西挡住了？没有呀。

豁影更听不懂女店主的话了，他将询问的目光投向胖子，期待胖子能给出回答。胖子的头摇得像拨浪鼓一样。

“小姑娘你说得对。我确实有个办法。”女店主说道。

“小姑娘？”胖子大为惊讶，而后恍然大悟，“原来你是故意打扮成这样的……”

胖子的注意力没有在胡心水身上多作停留。他急忙问女店主：“你有什么办法？”女店主的目光还是没有从胡心水的脸上挪开。她缓缓说道：“不只是地上有路可走，天上也有路可走。”

“天上有路？”胖子指着头顶，难以置信。

豁影似乎明白了，说道：“你的意思是，让我们像风筝一样飞过去吗？风筝是一种最简单的操控术，纵使能将我们绑在风筝上，地面也需要一位操控师牵着绳子指引方向。我们要飞过捞刀河，地面的操控师也必须从捞刀河的桥上经过。那些官兵必定会发现。”

胖子点头道：“是啊。万一官兵砍断牵引的绳子，他们岂不是会从高空摔下来摔死？不行！不行！”胖子连连摆手。

女店主道：“谁说要用风筝了？谁说要用操控术了？我说的是孔明灯。让他们两人坐上孔明灯，从空中飞过去。”

“好办法！”胖子大喜，可随即摇头，“不行。能坐人的孔明灯都很大，不好隐藏。官兵已有预备，如果发现孔明灯从捞刀河上空飘过，肯定会怀疑。”

女店主道：“当然不能只有一个孔明灯，要有很多很多孔明灯，如同天上的繁星。”

“要这么多孔明灯同时升空的话，还得等到中秋节。他们能在这里躲这么久吗？”女店主看了看豁影和胡心水，说道：“等得越久，被发现的可能性越大。最好这两天就坐孔明灯过去。”

“可是……”

“不用说了，我知道你要说什么。我在烟花巷这几年，也不是白白等待。这里所有的店主都会给我一些面子。我会让他们都同意今年放飞孔明灯的时间提前。”女店主转而看着胖子，“你不是喜欢中街那位姑娘吗？你也可以提前登上她的孔明灯，早日实现你的心愿。”

“这……你也知道？”胖子羞涩道。

“烟花巷的人都知道吧？”女店主笑了。

胡心水看见泡泡笑得眼睛里的红圈像是开了的花，又好像有些掩饰不住的失落。师父说过，对妖怪来说，报恩其实是一件很危险的事情。

她不理解，报恩不是一件很好的事情吗？滴水之恩，当涌泉相报。怎么会很危险呢？

师父说，报恩的过程本是一件很好的事情，但是报完恩了，就要离开。世间常见好的相逢，少见好的离开。

她没听懂，师父也没再多说。

“你是说……中秋节可以提前过？”胖子将信将疑。

女店主道：“对我来说，一年没有四季，也没有节日。今天跟明天没有区别，明天跟后天也没有区别。所以，是不是中秋节，对我来说一点儿都不重要。”

关于人间节日，胡心水曾问过师父，为什么师父不过端午节、中秋节之类的节日。

师父说：“妖怪不是按人世间的日子计算年岁的。妖怪大多以三十一年又一季为一岁。”

胡心水问道：“也就是说，妖怪的一年是人世间的一万多天？”

师父说：“对，妖怪至少要五百年才能修炼成人，人世间要到十六岁才算是成人。故而折算下来，妖怪的三十一年又一季相当于人的一年。”

胡心水懂了。人过日子和妖怪过日子不一样，所以妖怪不过人的节日。

女店主道：“你们先在这里住着，不要下楼，更不要出门。我会叫人送吃的上来。等我安排好了孔明灯放飞的时间，你们再出来。”说完，她快速拍了两下手。

楼梯那边响起嘈杂的脚步声。

接着，八个几乎一模一样的人从楼梯间走了出来，整齐地靠在女店主身后的墙壁上。这八个人穿着一样，戴着瘆人的唱戏用的面具，横眉怒目。

女店主道："我之前托傀儡师做了八个木傀儡，其中四个是空心的。若是有人上楼来，你们就躲到空心的傀儡里。"

胡心水问道："傀儡师跟操控师有什么区别？"

女店主道："操控师以人为傀儡。傀儡师操控除了人以外的傀儡。在雷家二小姐之前，没有直接操控人的操控师。雷家二小姐认为人是最天然的傀儡，这才出现了直接操控人的操控术。"

"这么说来，操控师要比傀儡师厉害多了？"胡心水问道。

女店主道："世人皆以为是，我却觉得未必。"

"为何？"

"不必问我。你不是要去落阳城吗？等你以后见多了，就有了自己的见解。不过你所见跟我所见不一定相同，最后相信的事情不一定相同。好了，不打扰你们休息了。我去办事，你们等我消息。"说完，她抬手一挥。

一阵风吹过胡心水的脸庞，她闻到了女店主淡淡的体香。

所有的蜡烛都被这阵风吹灭了。

房间里顿时变得暗淡。女店主就如被吹灭的烛火一样消失了，连个背影都没有给他们看到。

第三章
孔明灯

第二天清晨，一个女人送了早饭上楼来。她的脸上有许许多多的方形红章印，印的是不同的名字。

胖子早就饿了，赶紧狼吞虎咽。

豁影端起碗，却偷偷看那女人脸上的印章。

胡心水也觉得好奇。

在胡林山的时候，师父偶尔兴致来了，会写一幅字或者画一幅画，写完或者画完，就掏出一个四四方方的东西往上面一按，留下一个鲜红的印记。

她便问师父："为什么要留一个印记？"

师父说："留了印记，说明这是我的字画。"

胡心水心想，莫非这个女人是什么人画出来的？所以留下了印章？可是为什么留了这么多印章呢？

女人见豁影和胡心水总看她，知道他们是对她脸上的印章感兴趣，不好意思地捂嘴笑了笑，说道："你们是觉得我的脸奇怪吧？"

豁影被她这么一问，急忙假装吃饭。

胡心水却"嗯"了一声。

女人见胡心水手里没有筷子，便拿了一双筷子递过来，说道："我这个人没有归属感，因为从小被抛弃，也不知道自己姓什么，从哪里来。加上我记性很不好，容易忘事，所以每到一个地方，有人收留我，我就央求主人在我脸上印一个章。印了章，一洗就会掉，我仍然觉得没有归属感，于是央求主人把印章文上来。那时候，我以为一个印章就够了，谁料这些年哪里都不太平，主人换了一个又一个，最后我的脸上就有这么多印章了。两三年前，我来到这里，才没有多加印章了。"

胡心水在她的下巴处看到了"泡泡"二字的印章。

豁影扒了一口饭，说道："你现在应该明白了，印章并不能代表归属。不如找一个会皮囊术的人，将你脸上的印章都抹去。"他转头问胖子道，"哎，你能把我手上的伤痕都抹去，你也帮帮她，把她脸上的印章都抹去吧。"

胖子摇摇头，不说他是不能抹去，还是不愿意。

女人慌忙摆手道："不不不，每一个印章都曾让我获得了归属感。"她指着下巴上的"泡泡"二字，说道，"我现在的归属感就依靠它。虽然不久老板会离开这里，但它至少现在让我觉得安稳。”

“你怎么知道不久她会离开这里？”胖子终于停下了筷子。

女人一笑，说道：“老板留在这里，是为了给你报恩。每次你走之后，都是我来收拾这里的。现在老板不再隐藏，还让我来送饭，肯定是即将报完恩了。报完恩，她就没有留在这里的理由了。”

胖子愣了半天，充满歉意地对她说道：“对不起……”

女人又慌忙摆手，说道：“别这么说，别这么说。听说你们是要去落阳城？我还有一件事情要请你们帮忙。你看看我眉上这个红印章，上面有两个字，是我第一个主人的名字。你们到了落阳城帮我打听打听有没有叫这个名字的人，如果遇到了，麻烦你们帮我问一问，我到底是怎么来的。”

女人往胡心水这边走了两步，以手指按住眉毛上方的一个印章，展示给他们看。

胡心水看到那个红色印章比其他印章要淡一些，应该是最早文上去的。幸好印章里的字还能看清，是“虫儿”二字。

“虫儿？”豁影念道。

女人点头：“对，对，小时候没想过要问，也没什么记忆，近几年才想着看看能不能弄清楚。我听人说，落阳城好像有个人叫这个名字，长得国色天香。”

“你放心，等到了落阳城，我会帮你打听的，回来的时候告诉你。”胡心水说道。女人欣喜道谢。

这一整天，他们都躲在楼上。

等到天色将晚，女店主上楼来了，给他们带来了好消息，说是今晚即可放飞孔明灯。

胖子大喜。

豁影却犯起愁来。

女店主见豁影并无喜色，问道：“你可以飞过捞刀河了，怎么反而不高兴了呢？”豁影朝胖子努努嘴，说道：“他当然高兴了。可是我不认识烟花巷的姑娘，总不能随便坐上其他姑娘的孔明灯吧？并且……这里的规矩是降落在哪个地方，就要跟那位姑娘一直生活在哪个地方，不能离开。可是……我还要去落阳城……”

女店主笑得直不起腰来。

“你笑什么？难道不是吗？”豁影认真地问道。

女店主忍住笑，说道：“你想坐上烟花巷姑娘的孔明灯，姑娘还不让你坐呢！她们虽然是烟花巷的姑娘，可眼界高着呢，如果不是如意郎君，宁可飞到天上去，也不愿意跟着不如意的人落到地上来。不过你放心，我已经安排好了一个孔明灯，让你和这位小姑娘坐上去。”

豁影后退两步，摇头道：“不行，不行……”

女店主又笑了起来，说道："我知道你在想什么。你不必担心。这位小姑娘本不是烟花巷的姑娘，自然不用遵循烟花巷的规矩。"

"是吗？"豁影将信将疑。

女店主拉了胡心水到身边，双手捏了捏胡心水的肩膀，对豁影说道："烟花巷的姑娘都被操控术操控过，身上会留下一些与操控师连接过的痕迹。比如说肩上，这是最常见的被控制的地方。"

胖子在一旁点头。

"再比如说后背上。"女店主以手轻抚胡心水的后背，接着她又握住胡心水的双臂，将胡心水的手腕翻转过来，继续说道，"再比如说手腕处……"

说到这里，女店主忽然停住了。

胖子以为女店主说完了，补充道："豁影，你也会一些操控术，但是没有用过活人吧？就像做手工活儿的人手上容易起茧子一样，被操控术操控过的人，身上也会留下独特的痕迹。这位小姑娘没有……"他看到女店主的目光落在胡心水的手腕上，迟迟没有离开。于是，他也将目光往同一个地方投去。目光落在胡心水手腕上的时候，胖子突然不说话了。

胡心水觉察出有点儿不对劲，也往自己的手腕处看去。

她的手腕上有一个小小的红点。她早就发现了，摸上去不痛不痒，就没有在意。“怎么了？”她注意到泡泡和胖子都盯着她手腕上的红点。

豁影也看了过来。

女店主讶异地抬起头来，像头一回看到胡心水一样重新打量她，问道：“你怎么会有与操控师连接过的痕迹？”

胡心水一惊。

豁影“啊”了一声。

胖子慌乱上前，将胡心水的衣袖拉下，遮住那个红点，说道：“没关系，没关系，只有一个而已。烟花巷的姑娘身上再少也有二三十个。”

女店主则喃喃自语道：“怪就怪在这里，怎么只有一个呢？要说没被控制吧，又留下了被控制的迹象，要说被控制吧，就这一个地方控制不了什么。”

胡心水拉起衣袖，仔细打量那个红点。

她的心中多了几分恐慌。莫非我的本来面目是一具傀儡？

是因为这样，师父才叫我忘记过去？胡心水越想越怕。

那个脸上有印章的女人还能依靠印章追寻过去，而她除了这一个红点，没有任何可以追溯过去的证据。

女店主见她恐慌，又宽慰她道：“不要害怕。过去的都已经过去了，但忘记的不一定真的忘记了。以后在某个时刻，机缘巧合，这个红点就像一颗埋在你身体里的种子，它突然苏醒，开始发芽，你就会想起已经忘却的东西。”

师父说过类似的话。师父说，人世间的每个生灵，都有一颗记忆的种子，名叫种子识。那是前世留下的记忆，为了不影响今生，前世的记忆只能储存在种子识里，如同存放在一个密封的盒子里，让人以为已经忘却了前世遇到过的人、经历过的事。

师父还说，对于修炼成人的妖怪来说，成人之前便是前世，一如上辈子是牛、马、猪、狗，这辈子投胎成人的经历。

胡心水说：“那何必修炼？不如去投胎。”

师父说：“畜生道的生灵要想进入人道，比修炼五百年还要难。况且就算有幸进入了人道，也只有区区一百年寿命。而妖怪成人之后寿限有数百上千年。”

“它会苏醒，会发芽吗？”胡心水抚摩着红点，轻声问道。

女店主说道：“只要你遇到以前遇见过的人，看到以前看见过的风景，就可能让它苏醒，使它发芽。你不是要去落阳城吗？一路上你会遇到很多人，见到很多风景，说不定到了看烟花的时候，你就想起了忘记的事情。”

听女店主这么一说，胖子想起了今晚还有重要的事情要办，于是打断她们，说道：“对！说不定到那时候你就清楚了。眼下我们要尽快离开这里，越过捞刀河！”

女店主点点头：“嗯。你们做一下准备。等外面游街的队伍出来，就混到里面去。”

“游街的队伍？”豁影问道。

“是的。即将随着孔明灯飞走的姑娘会在最后一晚从烟花巷的街头走到街尾，看烟花巷最后一眼，走烟花巷最后一次。送她们的人会吹拉弹唱，载歌载舞，就如普通人家的女子要出嫁离开娘家。毕竟……普通人家的女子还能偶尔回娘家看看，烟花巷的姑娘则一去不复返。”说着说着，女店主的声音变得有些哽咽。

不一会儿，脸上有印章的女子上来了。她抱了许多衣裳，手里还拿了一沓面具。

“换上吧。”女店主说道。

胡心水去了另一间房换了衣服。待她出来，豁影和胖子已经换好了，并且戴上了面具。

因为他们两人的衣服都略显宽大，胡心水一时间分不清他们谁是胖子，谁是豁影。

“你也挑个面具戴上。”女店主说道。

胡心水选了一个红、白、黑三色相间的面具。

等到天上的星星开始亮了，烟花巷的灯也跟着亮了起来。

胡心水隐隐约约听到了锣鼓的声音。

胖子也听到了，欣喜地说道：“是这个声音！开始了！他们开始了！”他跑到窗边，打开窗户。

锣鼓的声音清晰了许多，但离这里还有较远的距离。

女店主见胖子去了窗边，悄悄走到胡心水身边，小声问道：“你去落阳城也是为了报恩吗？落阳城里有你要报恩的人？”

胡心水摇摇头：“没有。我就是去看烟花的。”

“不会吧？作为妖怪，不报恩的话，就是为了报仇吧？你去落阳城是为了报仇？”女店主又问道。

胡心水又摇头：“不是。”

女店主道：“别骗我了。虽然我看不清你的心思，但作为一个妖怪，来到这嘈杂喧闹的人世间，总是有缘由的，要么是为了报恩，要么是为了报仇。我都不知道给他报恩之后该去哪里，该做什么，好像没有什么事情可以做，没有什么事情值得去做。”她双手搂住自己的胳膊，居然有些害怕。

胡心水说道：“我真的只是去看烟花。我没有恩人可以报答，也没有仇人可以报复。”

女店主瞥了一眼胡心水的手，说道：“不可能的。那个在你身上留下操控痕迹的人，要么是你的恩人，要么是你的仇人。”

“是吗？”胡心水不由自主地去捏手腕。

女店主见她糊里糊涂的样子，便不再问了。

外面锣鼓喧闹的声音越来越大，越来越近。

女店主催促道：“走！跟我下楼去！游街的队伍就要到门口了！”

胡心水跟着他们赶紧下楼。

他们来到楼下的门口时，街道上已经是人山人海了。人人翘首踮脚，望着游街队伍的方向。其中大部分人戴着面具，跟女店主让他们戴上的面具形状大同小异，颜色各不相同。乍一看，仿佛这里不是人间，仿佛满街都站着妖魔鬼怪。

女店主提醒道：“待会儿你们不要走散，我会告诉你们后面该怎么办。”

游街的队伍越来越近了。

胡心水看到队伍前面是乐队，演奏着各种各样的乐器，有笛子、大鼓、小鼓、二胡、琵琶、铜锣等。好像谁擅长什么乐器，就会拿出什么乐器来吹拉弹唱，没有章法、没有规矩，只图热闹、只图尽兴。

队伍后面是举着各种旗帜的人，旗帜五颜六色，上面写着各种各样的字。

胖子的声音在胡心水耳边响起：“那旗帜上写的都是店铺的名字，哪个店铺有姑娘要坐孔明灯，就会写上哪个店铺的名字。你看，你看，那面写了‘中街落花’的旗帜，就是我等候的那位姑娘所在的店铺。”

胡心水在众多旗帜中看到了其中一面上面写了那四个字。

旗帜后面便是各种漂亮的大花轿，以鲜花和丝绸装饰。花轿四周没有遮挡，有两人抬的、有四人抬的、也有八人抬的。花轿前后还有人举着灯笼，灯笼有红的、绿的、黄的、彩的，颜色各异。花轿上坐着各个店铺的姑娘。姑娘身后仍然各站着一位老婆子，老婆子手指飞快舞动，姑娘被操控着做出各种妖娆姿态。

姑娘身上的衣裳被颜色各异的灯笼打上了混乱重叠的光，让人看不清衣裳本来是什么颜色。

胡心水问道：“怎么她们还是受控制？”

胖子的声音又响起：“只有登上孔明灯之后，她们才有真正的自由。”

女店主淡然道：“自由带来的，不是幸福，就是死亡。”

胖子道：“我会让她幸福的。”

胡心水想看看“中街落花”的那位姑娘，但花轿上没有字，无法得知哪个花轿上的姑娘是胖子等候的那位。

大花轿走过之后，一队提着竹篮的姑娘紧跟其后。每个姑娘身后也有一位操控她的老婆子。竹篮也装饰得很漂亮，里面装了许多花瓣。姑娘时不时从竹篮里抓一把，抛向天空。

花瓣从空中飘落下来。胡心水伸出双手去接，接到手里一看，一半是花瓣，一半竟然是白色的纸钱！

师父说过，人世间以纸钱为冥币，常在葬礼上使用。

胡心水慌忙将手里的花瓣和纸钱抛了出去。

女店主见她被吓到了，笑道："我说了，自由给她们带来的，要么是幸福，要么是死亡。因此这里既有花瓣，也有纸钱。"

提竹篮的姑娘们走过之后，队伍就混乱了。许许多多戴着各种面具的人一边跟着走，一边手舞足蹈。有的狂笑，有的痛哭，有的高歌，有的沉默。

女店主挥手道："可以进去了！"说完，她先走进了混乱的人群里。

胡心水侧头一看，豁影和胖子已经不在门口了。她往人群里一看，晃来晃去的面具目不暇接，根本看不清豁影和胖子在哪里。

好在泡泡没有戴面具，她赶紧挤进人群里，跟在泡泡身边。

女店主一把抓住胡心水，将她拉至身边，将嘴巴凑到她的耳边，在一片喧闹声和杂乱的灯光里大喊道："你看看这些人！其实都是妖怪呢！"

胡心水没看出这些人是妖怪，大声问女店主道：“哪个是妖怪？”

女店主伸手拍了拍前面那个人的肩膀，那人回过头来。女店主抓住那人的面具，往下一拉。

面具后面的脸便露了出来。

胡心水以为会看到一张妖怪的脸。

但她只看到了一个尖嘴猴腮的脑袋。那人应该是认识女店主的，也不生气，跳着舞步绕女店主走了一圈，又把面具戴上了。

女店主凑到胡心水耳边，大声道：“看到没有？这是猴子变的！”

胡心水皱起眉头。那个人只是长得像猴子而已。

这一次她闻到了女店主嘴里有酒味，低头一看，女店主手里拿着一瓶酒，不知何时开始喝的。

女店主又拉住一个人，那人驼背得极为严重，仿佛背着一座小山。女店主拉下了那个人的面具。那人慢悠悠地转过头来，耷拉着脸看着女店主。

女店主回到胡心水身边，大笑道：“看到没有？这是龟变的！”

胡心水摇摇头，想夺下她手里的酒瓶。

她却甩手躲开了，脚步踉踉跄跄地在人群里跑。

胡心水怕跟丢，赶紧跟着她跑。

女店主停了下来，又拉住一个人，那人侧头冷峻地看了她一眼。

胡心水吓了一跳，那面具下面的眼睛分明是狼的眼睛！

胡心水在胡林山的时候是见过狼的。每次看到狼的眼睛，她都会心中为之一寒。

女店主依旧拉下了那人的面具，下面仍然是一张人脸。

这次胡心水都有些不相信自己的眼睛了，赶紧揉了揉眼睛，可是人脸并没有变成狼脸。

女店主见胡心水揉眼睛，大笑了起来，放开那人，扑到了胡心水身上，说道："这回你看到了吧？这是狼变的！人也是怪物，跟我们没有区别，只是他们与生俱来多了一张人皮。我们修炼多年，修来的不过是一张外在的皮囊。我们是活得长一些的人，他们是活得短一些的妖怪。"

胡心水觉得泡泡说的好像有几分道理。

"可是为什么妖怪懂得报恩，人却不懂得报恩呢？"女店主举起酒瓶，咕嘟咕嘟地喝了起来。

"你这是怎么了？"胡心水怕她喝多，夺过酒瓶。身边其他舞蹈的人撞了过来，胡心水失手将酒瓶打碎了。

"我自以为异于常人，不用控制别人，也不会被别人控制。没想到最后未能幸免。"女店主趴在胡心水的肩上哭了起来。她的哭泣声被喧闹声淹没，只有胡心水能听见。

胡心水糊涂了，说道："你没有呀。"

女店主在胡心水的肩上拼命地摇头，说道："我身上没有被控制的地方，但是就在刚才，心里已经有了。"

胡心水还是听不明白，问道："有了什么呀？"

"有了人的情感。"女店主答道。

胡心水恍然大悟。师父说过，山外还有一种情感，人们称之为"爱"。爱是控制。

女店主道："我一直以为我最终的目的就是为了让他登上孔明灯，与那位中街的姑娘远走高飞。刚才看到那位姑娘坐在大花轿上，我忽然意识到，他们两人就要离开烟花巷了，再也不会回来。我才醒悟，我做了一件自己最不愿做的事情。"

"你……该不会是后悔了吧？"胡心水不安地问道。

"我不能让中街的那位姑娘离开烟花巷。这样他也就不会离开这里了。"女店主说道。

胡心水听她这么说，惊诧不已。师父说的果然没错，报恩不见得是好事。世间常见好的相逢，少见好的离开。

女店主从胡心水的肩上抬起头来，双手捧住胡心水的脸，眼泪婆娑地说道："你还不懂人的情感，不懂人与人之间的控制。"

胡心水认为自己确实还不明白。

女店主又一次抓住了她的手腕，说道："但是在你身上留下这个痕迹的人一定懂得。那个人想要控制你，可又怕伤害你，不愿控制你。那个人曾经一定像现在的我一样犹豫不决，心如刀割。”仿佛她说的“那个人”就潜伏在那个红点里，潜伏在胡心水的体内，她要将“那个人”拽出来当面比较。

“是吗？”胡心水心想，如果有那个人，那个人会是什么样的人？是那个人将我送到胡林山，送到师父那里的吗？

“不过你不用担心。我会送你们两人上孔明灯，让你们飞过捞刀河。”女店主放开了胡心水的手腕，安慰道。

胡心水倒不是那么担心自己是不是可以登上孔明灯，她担心胖子登不上。她左顾右盼，希望看到胖子的影子。可是人群里太混乱了，她明知胖子和豁影就在附近跟着她们，但她找不到他们。

她记得师父说过人世间有句话叫作“人海茫茫”。此时的人潮确实像海面一样汹涌，胖子和豁影仿佛被海水淹没了。

原来“人海茫茫”是这样的感觉，她心想。

直到走到街尾，她也没能找到胖子和豁影在哪里。

游街队伍已经停了下来，鼓乐声小了一些。

胡心水看到前方有很多火把，还有许许多多早已备好的如小楼一样高的孔明灯。孔明灯太大，全靠四周木头搭成的围栏支撑着。有人已经爬上了围栏，检查孔明灯是不是完好。检查孔明灯的人也戴着面具，他们的面具不一样，鼻子特别长，仿佛长出来的犀牛角，且涂成红色。

胡心水问女店主："他们的面具为什么鼻子那么长？"

女店主正在朝大花轿停下的地方看。

胡心水心想，她应该是在看那位中街的姑娘在哪里。

女店主回过头来，回答道："鼻子代表了运势。他们戴那样的面具，是希望登上孔明灯的姑娘有好运气，这是一种祝福。"

胡心水叹道："看来那位姑娘是得不到你的祝福了。"

女店主听了，顿时神色黯然，仿佛她的脸上原本像灯笼一样泛着光，听了胡心水那句话，灯笼里的火焰忽然熄灭了。

而孔明灯那边的火焰越来越强烈，胡心水远远地看着都觉得热气扑面而来。

在一片乐声中，几位姑娘登上了最前头一排的孔明灯。孔明灯如刚刚学会翱翔的飞禽，跃跃欲试，要不是与围栏之间还有绳索捆绑，恐怕已经飞起来了。

还在花轿上的姑娘陆陆续续下轿，往属于自己的孔明灯走去。

这时，豁影的声音响起："你去哪个孔明灯？"

他以为女店主已经告诉胡心水要登上哪个孔明灯了。

胡心水循着声音看去，终于认出了戴着面具的豁影。在豁影旁边，另一个戴着面具的人问道：“你看到中街落花店的姑娘在哪里了吗？我还没有找到她的位置。”

那个人自然是胖子无疑。

胡心水摇摇头。她既不知道他们要登上的孔明灯在哪里，也没有看到胖子喜欢的那位姑娘。她本想趁这个机会看看那位姑娘长什么模样。

“不会是……没来吧？”女店主犹豫道。

胖子道：“不可能！我看到了她店里的旗帜，也看到了她坐着花轿来这边了，可是刚才一眨眼就不见了。”

“不会是不想离开烟花巷，躲起来了吧？以前就有姑娘害怕升到天上去，临到要上孔明灯时躲起来了。”女店主说道。

“不可能！她不可能不知道烟花巷的规矩——上了花轿不上孔明灯，下场会很惨的！”胖子揭下面具，焦急地四处张望。

胡心水不知道他说的“下场会很惨”到底有多惨。

豁影着急了，跺脚道：“早不出事晚不出事，怎么这个时候不见了呢？”

前面的人群发出一阵欢呼。

胡心水看去，原来是第一个孔明灯已经解开绳索，缓缓升空了。一个戴着面具的男子跳了起来，双手抓住孔明灯下的吊篮。吊篮里的姑娘俯下身，伸手去拉男子。

人们又为男子的勇敢欢呼起来。

女店主也看到了这一幕，对胖子说道："或许她害怕没有人愿意登上她的孔明灯。毕竟对她们来说，这是生死抉择……要不……你就留在烟花巷吧。我其实不希望你们走。这样的话，你还可以来我的店里睡觉。你们不走，我也不会走。好吗？"

豁影低头看了一眼女店主的手，露出诧异之色，惊道："不会是你把那位姑娘藏起来了吧？你的手……怎么手势跟我这么像……你……你在操控什么东西？"

豁影还没有说这句话的时候，胡心水就发觉女店主的手指在频繁抖动，仿佛在撩拨一把看不见的琵琶上的弦。

胖子听到豁影这么说，也朝女店主的手指看去。

女店主急忙将本来自然地垂在身侧的手往背后藏。

胖子冲到女店主身边，抓住了她的手，在她指头的上方搂了一把。顿时胖子的手上出现了几道极细且长的血痕。

胡心水这才明白，原来女店主的指尖上有操控他人的细线。那线细到几乎不可见，胖子猛地一搂，自然会被割伤。

果不其然，离女店主不到三丈的地方，一个戴面具的人忽然一个趔趄，想站稳但为时已晚，几乎直挺挺地扑倒在了地面上。

这种怪异的摔跤方式引起了周围人的注意，自然也没有逃过豁影和胖子的眼睛。

胖子显然知道那个摔倒的人是被女店主操控的，正是他干扰了女店主操控的细线，才导致那人直挺挺扑倒。他狠狠地看了女店主一眼，然后跑了过去，将那摔倒的人扶起来一看，大声道："这不是楼上那八个木傀儡之一吗？"

胡心水也认出那是女店主之前在楼上准备好的木傀儡，当时还说危急时刻可以躲到其中的空心傀儡中去。

"你是不是把她藏到空心的木傀儡里去了？"胖子放下失去控制的木傀儡，回到女店主身边，愤怒地喊道，"她不可能突然消失的！一定是你将她藏在了空心的木傀儡里！"

胡心水不知道该不该把女店主刚才对她说的那些话告诉胖子。想了想，她还是没有说出来。

要尽快把那个姑娘找出来！胡心水心想。

她看了看四周的人。戴面具的人太多了！要是一个一个揭开面具验明真身的话，恐怕一个晚上都验不完。

不远处又有孔明灯缓缓升了空。别说一个晚上了，此时半刻都不能耽误，不然孔明灯都走了。

"快让你的木傀儡把她放出来！"胖子也明白找是找不出来了，只有让女店主放那位姑娘出来。

豁影抬头看见陆续升起的孔明灯，焦急地揭下面具，扔在地上发泄愤怒，可又别无他法。

就在这时，胡心水听见有人大喊："那小子就在这里！在胖子旁边！"

胡心水循声望去，大喊的人正是之前在饭店里遇到的重甲兵！原来他们早就发现了胖子，但没发现豁影，便没有打草惊蛇，一直悄悄等着豁影摘下面具。

那人一喊，他身边数十个人几乎同时弯弓搭箭，数十支箭"嗖嗖嗖"地朝这边射来！

胡心水看到其中几支箭是冲着她来的，不知道是那些人射歪了，还是有意要将她也射杀在此地。

她心中一寒！

师父说过，以后若有一日出了胡林山，一定要小心人世间的武器，尤其是箭。其他武器大多伤皮囊，而箭能穿到深处，伤及魂魄。师父在人世间中过一箭，损耗了数百年的修行。像你这样刚刚五百年的，或者六七百年的，只要中了一箭，就会被打成原形，失去人身。

胡心水呆呆地站在原地。这一瞬间，时间仿佛变慢了。她看着那几支箭像水中的鱼一样朝她游过来。但她知道自己已经来不及躲开它们了。她脑海里已经想象出自己被箭穿透之后倒下的样子。

倒下之后呢？我会变成什么样子？不知道。我都不知道自己的本来面目，又如何知道损耗数百年修行之后的原形？是泡泡那样的一只飞禽，还是一只走畜？抑或是其他形态？那样的话，我肯定是去不了落阳城了，也看不到那场绚烂的烟花了……

她听到女店主大叫了一声。

还没来得及转头去看女店主为什么大叫，她就感觉手被人拽住了，与此同时，双脚离了地，仿佛被线拽住的风筝一样飘了起来。

这次她听到周围的人也大叫了起来。她也忍不住叫了起来，因为身体飞起的她眼看就要撞到其他人了。

更加怪异的一幕在胡心水眼前发生了。

即将被撞倒的人们几乎同时双脚离地，往两边飞了出去，给她让出了一条道。

这一幕让胡心水想起了师父曾经给她演示的皮影戏。

师父曾用细线操控皮影，给她演示人世间大概是个什么样子。此时回想起来，那时候师父虽然不允许她踏出胡林山半步，但心里已经决定放她下山了。

那些人脸上戴着各种面具，更给胡心水造成了自己就是皮影戏里一个角色的错觉。

既然师父说人世间免不了控制与被控制，那么，人世间或许是一场更为广大、更为繁杂的皮影戏！

在胡思乱想中，她落了地。

她落得太急，双脚站立不住，身体失去平衡，摔倒在地。

避开她的人们纷纷落地，东倒西歪。

她往刚才所在的地方看去，十几支箭插入泥土，仿佛突然生出了一丛荆棘！

好险！她心有余悸。

左看右看，她却没有看到拽她躲开的人。手腕处的疼痛引起了她的注意，低头看去，她看到手腕上那个红点成了一颗血珠，紧接着，血液源源不断地冒出来，血珠越来越大，最后流了下来。

她爬了起来。

那些放箭的人还愣在那里，不知道眼前到底发生了什么状况！眼前的人怎么无缘无故飘了起来，轻易地躲开了所有的箭？还有周围的人怎么忽然这么有规律地给她让道，像是排练了许多次的戏一样？

尤其那个重甲兵，将眼睛瞪得像铜铃一样大，下巴像脱臼了一样合不上，身体一动不动，仿佛愣成了一尊石雕。

“小姑娘会邪术吗？”一个因她而跌倒的人愤怒地问道。

她慌忙摆手：“对不起，对不起……我也不知道怎么回事……”她又向周围的人弯腰道歉，“让大家受累了！”

她赶紧往豁影他们那边看。女店主毫发无伤，胖子挡在女店主身前，胳膊上中了一箭。豁影已经不见了。她心想，看来他们身手都比我好多了。

“看不出来啊，这位小姑娘的操控术竟然如此厉害！能在瞬间操控这么多人！”旁边一位还操控着烟花巷姑娘的老婆子惊叹道。

“不……我都没有入门……”胡心水连忙否认。师父从来没有教过她操控术。

老婆子点头赞赏道：“太谦虚了！”

手腕处的疼痛感越来越剧烈，她按住了冒血的地方。

一个戴面具的人忽然靠近她，低声道：“跟我走！”

她听出来那是豁影的声音。陌生的面具应该是他趁着混乱从别人脸上摘下来的，这样可以避免被重甲兵认出来。

她赶紧跟着他钻进混乱的人群里。

“我之前还以为你是傀儡，没想到你的操控术不仅在我之上，还远在我父亲之上！”豁影一边拉着她在人群里钻来钻去，一边有些生气地说道。

“刚才……”胡心水将后面的话咽了回去。她想说，刚才豁影出现在面前的时候，她还以为是他用操控术救了她。

既然不是豁影，女店主正在操控的是木傀儡，胖子又不会操控术，那刚才是谁救了我？胡心水迷惑不解。

豁影突然蹲了下来，拉着胡心水与他一起蹲下。

胡心水看到前面有个重甲兵正在人群里搜寻他们。

豁影低声问道："刚才怎么了？"

胡心水将手腕露出来给他看，说道："刚才我这里非常疼，出了血。"

由于周围都是人，光线不甚明朗，豁影将眼睛凑到了近处才看到她手腕上的血。

他一下子就明白了胡心水的意思："你的意思是……刚才有人操控了你？"

胡心水反而觉得奇怪了，他怎么一看到我的手腕就知道我要表达这个意思？

豁影见她生疑，解释道："这不是操控术在你身上留下的痕迹吗？这里出血的话，只有一个原因，那就是操控师操作太急，用力太过，将你这里扯伤了。就像是……怎么说呢……就像是你牵着一头牛，拽着牛鼻子，却过于心急，把牛鼻子拽出血了。我也觉得你刚才躲避的速度太快，出乎我的意料，原来不是你主动躲避的！"

"你怎么把我比作一头牛……"胡心水对他这个比喻很不满意，但她知道，豁影是懂得操控术的，这样的解释应该接近于真实。

"嘘——"豁影将食指放在嘴前，示意她不要说话。

胡心水看到那个重甲兵已经走到了近前，赶紧闭上嘴。

好在有其他人的身躯作为掩护，重甲兵没有发现他们，从他们身边走了过去。

豁影猫着腰，拉着胡心水往孔明灯的方向走去。

胡心水看到越来越多的孔明灯渐渐升空，升得越高的孔明灯看起来越小，由于这种渐变，满天的星星此时仿佛都是升到最高空的孔明灯。

烟花巷要走的姑娘并没有这么多，胡心水看到许多孔明灯上并没有姑娘，或许是其他人借此机会祈愿用的。

“这个泡泡真是可恶，不仅把胖子喜欢的那位姑娘藏起来，还把官府的人带来捉我们。我们不应该相信她的！胖子居然还给她挡箭！”豁影抱怨道。

“胖子现在在哪里？”胡心水担忧地问道。

豁影道：“你担心他做什么？那位姑娘不在，他肯定不会走。他们又不是朝廷要犯，留在这里不会有什么危险。我们今晚是非走不可了，官府的人已经知道我们在这里了。我看有些孔明灯上没有人，我们登上其中一个离开。”

胡心水只好跟着他在人群里挤来挤去。

费了九牛二虎之力，他们两人终于来到了孔明灯所在的平地。

戴着长鼻子面具的人仍在忙碌地检查孔明灯。烟花巷的姑娘有秩序地走向各自的孔明灯。

“快点上去吧，孔明灯就要升空了。”一位老婆子正在劝着一位哭泣的姑娘。

“他怎么还没有来？”那位姑娘哭着问道。

老婆子道：“你以为他真的愿意跟你一起登上孔明灯啊？我早就跟你说了，不要相信他的话，你就是不听。要不是我操控你，你恐怕都要跟他私奔了！现在知道谁真谁假了吧？”

“不会的，他肯定在路上遇到了什么事情！”那位姑娘翘首朝人群里望。

“走吧，走吧，都这个时候了，我不想再控制你做什么事情。既然之前决定了要坐孔明灯，现在不上去的话，后果是很惨的。”老婆子几乎是以央求的口吻说道。

胡心水朝她身边的孔明灯看去，孔明灯里的火焰呼呼地响着，仿佛一只咆哮的野兽要从围栏里挣脱出来。孔明灯与围栏之间的绳索已经拉直了，一松开就要升空。孔明灯下面的吊篮上挂了一条布，布上有粗大的毛笔字，写的是“中街落花”四个字。

胡心水停住了脚步。

豁影回过头来，问道：“怎么不走了？脚又疼了？马上就要到了，上了孔明灯，就不用走了。”

胡心水小声道：“我们不能就这样走了。我们得把胖子也叫来。”

豁影将她拉到旁边，避开那位姑娘和老婆子，显然他也听到了她们说的话。他焦急地说道："他们没事的！今晚走不了，等到中秋节还能走。我们却等不到那个时候！"

胡心水道："万一那位姑娘登上了孔明灯呢？那样的话，胖子连解释的机会都没有了。而那位可怜的姑娘或许会相信胖子是骗她的。"

豁影抬头看了看天空中的孔明灯，咬咬牙，说道："我们没有多少时间了！"

胡心水摇摇头："不行，我们不能就这么一走了之。"

"快走吧！我们在饭店遇到那两个重甲兵的时候，你就在我身边。他们认得你。"豁影拽着她走。

她往回拉。

"你不走，我可走了！"豁影吓唬道。

她几乎要哭出来，说道："不，我要把胖子找来。"说完，她挣脱了豁影的手，往人群里跑去。

在钻进人群里之前，她回头看了一眼，豁影愣愣地站在那里看着她。

等到真的要找胖子的时候，她才发现太难了。

虽然她记得泡泡没有戴面具，但是人群如潮水一般涌动，并不是站着等她一个一个去找的。更麻烦的是她要避开那些官府的人。重甲兵还算好认，还有一些官府的人穿着和烟花巷百姓一样的衣服，也戴着面具。她要在避开所有可疑的人的前提下找到泡泡和胖子。这无疑是难上加难的事情。

这时，人们又发出一阵欢呼。

胡心水朝人们望着的方向看去，又一个男子挂在了已经升起的孔明灯的吊篮上。

她听到身边有一位姑娘说道："我以为她就要一个人离开了，她可是烟花巷曾经最受欢迎的姑娘啊！如果这时候一个人离开，肯定会很伤心吧？"

胡心水看到说话的姑娘脸上都是泪水。姑娘身边有一位控制她的老婆子，老婆子手指一动，姑娘便抬起手来擦泪。

老婆子说道："把眼泪擦一擦吧。开得最灿烂的花，凋谢的时候最让人哀伤。最受欢迎的姑娘，反而最难得到真心。"

胡心水上前扯了扯老婆子的衣角，问道："打扰了，麻烦问一下，那位姑娘是不是中街落花店的姑娘？"她心里盼着孔明灯上的姑娘是刚才那位姑娘，盼着那个差点迟到的男子是胖子。

老婆子摇头道："不是。不过中街的姑娘应该登上孔明灯了吧，就要轮到她了。"

旁边姑娘的眼睛还是盯着天空中的孔明灯，说道："中街落花店的姑娘我认识，不知道喜欢她的那个胖乎乎的家伙会不会来，全烟花巷的人可都认为他会来呢，到现在我是没有见着他。该不会是害怕了吧？"

胡心水赶紧撇下她们，继续寻找泡泡和胖子。

完了，完了，恐怕是来不及了。她在心里念叨，越来越着急。

一着急，她就接连撞了好几个人。

“眼睛长在哪里了？不看路的吗？”一人不高兴地斥责她。

“抱歉！抱歉！我在找人！”她连连道歉。

那人不依不饶，抓住胡心水上下打量。

“实在抱歉！”她的目光仍然往人群里搜索泡泡的身影。

“咦，你不就是刚才躲开箭的姑娘吗？”那人大声道。

这一声吸引了很多人的注意。大家都朝她看了过来。

胡心水想挣脱。可是那人力气大得很，不但不放开她，还向周围人吆喝道：“你们都来看看，刚才把大家撞倒的姑娘在这里！”

胡心水看到好几个背着弓箭的人迅速朝这边走了过来。毋庸置疑，他们都是官府的人。

“放开我！”胡心水抓住那人的手，用力往外推。

她明明知道自己挣脱不了，可那人突然像被烫着了似的叫了一声，松开了手。他那一声叫，反倒吓了她一跳。

胡心水看到那人的手背上出现了几道血痕，像是被什么猛兽的爪子挠伤了一样。

“你这小妮子！”那人疼得咝咝吸气。

旁边有人提醒道：“小心！她会操控术，刚才就是她把我拽起来的！”

胡心水懒得跟人辩解，见官府的人越来越近，转身就逃。

可是才跑了几步，她就撞在了一块又冷又硬的铁疙瘩上。抬头一看，原来自己撞到重甲兵身上来了。

她赶紧又往回跑。

对面官府的人已经对她形成了半包围，就等着她跑回来。有几位官兵取下了面具，举起剑，粗鲁地驱赶围观的人。

“官府抓人，速速避让，若有误伤，概不负责！”一位官兵大喊道。为了吓唬人，那位官兵顺手抓住一个人，在他胳膊上划了一道，他的胳膊顿时皮开肉绽。人们果然被吓到了，慌乱奔跑。有的小孩与大人被冲散了，在人群里大哭。有的大人不见了孩子，大喊孩子的名字。

此时若是趁着人群大乱，跑出去未必没有希望。正要低头潜逃，忽见一位老人被撞倒，被人踩踏了好几脚，她将心一横，向那位老人跑去，扶他起来，对举着剑的官兵喊道：“我在这里，你们来抓便是，不要伤及无辜！”

官兵并没有立即上前来，而是绕着她围了一个圈。

她知道官兵为什么不立即抓她，那是因为官兵以为她真的会操控术，以为之前操控众人的是她，以为刚才伤人的也是她。

圈里的人很快跑光了，只留下胡心水和她扶着的老人。

“您还能走吗？”胡心水问老人。

老人试着迈了一步，回答道：“还好，能走。”

“那您快走吧。”胡心水说道。

“姑娘，你是好心人，好人有好报，你会没事的。”老人看到了眼前的情形，握紧胡心水的手。

胡心水心想，好人有好报？可我并不是人，所以称不上是好心人，更没有什么好报这样的事情吧？

但她没有说出来，她朝老人点点头。

老人叹息一声，摇头走了。

胡心水心想，看来这位老人自己都不相信“好人有好报”，人居然会对别人说连自己都不相信的话。

“好了，你们抓我吧。”胡心水自知丧失了最后的逃跑机会。

官兵没有动，官兵身后却走出十多个重甲兵来。

胡心水看到先前骑马人操控的五个半人半傀儡也在其中。那五个半人半傀儡显然认识她，尤其之前叫豁影走的那个半人半傀儡，脸上露出怜悯之情，但他毫不犹豫地拔出刀来。

胡心水清楚，这些重甲兵都被隐藏在看不见的地方的人操控着。

一位头目模样的官兵在旁喊道："先挑断她的手筋、脚筋，免得她再耍什么花招！"

其他半人半傀儡的重甲兵纷纷拔刀。

他们对付胡心水比此前对付豁影要谨慎得多。

师父说过，筋骨是灵魂控制躯体的工具。如果筋骨断了，那就会变得跟树木、花草没有区别。

第四章
无根树

胡心水深知，花草树木也是生灵，不过它们无法像她这样的生灵一样自由移动。在师父的心里，世间的人跟世间的树没有什么区别。生老病死，忽在忽亡，百年岁月，电光石火。因此，师父常常称世间的人为“无根树”。

但胡心水还有疑问，她问师父，插花为景，插柳成荫，这是“无根树”不能做到的吧？

师父说，你别说不能，世间还真有这样的奇事。落阳城的皇后曾将一女子的四肢及躯干夺走，徒留脑袋与内脏。女子本应生还无望，却被高人搭救，将那苦命女子置于一花瓶中，一如世间“插花”之艺。

胡心水看着走过来的重甲兵，心惊胆战。若是被挑断了手筋、脚筋，自己岂不是也要像那花瓶里的女子一样？

胡心水害怕了，连连往后退。

才退几步，她就感觉身子一轻。

她心中一喜，莫非隐藏的操控师高手又来了？

“轻得像个鸟雀儿似的！”原来是身后的重甲兵将她拎了起来。他觉得胡心水太轻了。

豁影背她的时候也这么说过。

接着，重甲兵抓住了她的脚踝，将她倒起来拎着。

胡心水看到对面围过来的重甲兵都倒过来了。在重甲兵身后的夜空中，孔明灯似乎不是在上升，而是在降落。

这时，人群里忽然钻出一个人来，那人巧妙地绕开了阻拦的官兵，站在了重甲兵与胡心水之间。那人背对着她，她看不到那人的正面。看到也没有用，那人必定是戴了面具的。

她看着那人的背影，居然有些消瘦。那人不是她熟悉的豁影，不是胖子，也不是泡泡。但是那人身侧的两只手都张开了五指。胡心水一眼就看出来了，那人是会操控术的。可她没有看见一个傀儡。

“就凭你，也要英雄救美？”拎着胡心水的重甲兵轻蔑道。

那人听到这话，终于稍稍侧头，让胡心水看到了他的侧脸，不，看到的是面具的侧脸。

那张面具跟这里其他人的面具不一样，胡心水能看到的地方全部是黑色的，面具嘴角夸张地翘起，仿佛在笑，又仿佛在嘲讽。更奇怪的是，那张面具也有一个长长的如同犀牛角的鼻子。

“你不好好检查孔明灯，却要来这里自寻死路？”重甲兵哼了一声，说道。

那人转回了脸，面对那些拔刀相向的重甲兵。

隐藏在后面操控半人半傀儡的操控师或许感觉到了什么，居然没有直接让重甲兵上前一刀将那人砍倒。

拎着胡心水的重甲兵又道：“看起来是会操控术，可你的傀儡呢？”

那人听了，张开五指的双手用力一抖，瞬间又出现了一双手！

这时，半人半傀儡都不自觉地身子往后倾斜。这显然不是操控师让他们做出这样的动作，而是半人半傀儡本身被这个四只手的人吓到了。

“四臂傀儡！”被官兵拦在圈外的人们纷纷惊叫道。

拎着胡心水的重甲兵手一松，她的头撞在了地面，顿时眼冒金星。

“四臂傀儡怎么会出现在这里？”重甲兵脸色煞白，下巴不停地颤抖，牙齿撞得咯咯响。

胡心水诧异万分，他们怎么会怕这个四只手的人怕成这样？这个四臂傀儡是什么来头？又为什么要帮我？

头目模样的官兵朝那四臂傀儡喊道：“江湖的归江湖，朝堂的归朝堂。这位姑娘是杀害朝廷命官的同犯，我们必须将她捉拿，送到落阳城去听凭皇后处罚。你们四臂傀儡本是江湖中人，潜心于探索操控术的极限，向来对江湖之事都不闻不问，如今怎么管起官府抓人的事情来了？”

四臂傀儡浑身一抖，其中两臂被甩了出来，飞向刚才拎着胡心水的重甲兵，然后生生将重甲兵拽到近前。

其他重甲兵立即摆出防卫的姿势。

被抓住的重甲兵脸上露出诡异的笑容，嘿嘿笑了两声，以极其喑哑的声音说道：“受人之托，还请谅解！”

这四臂傀儡居然连回话都要操控他人来代替。

胡心水心想，这四臂傀儡是受了什么人之托来救我？

“看来你是要管定了？”头目模样的官兵问道。

被操控的重甲兵笑着点头。他本不是半人半傀儡那样的重甲兵，却瞬间成了四臂傀儡的傀儡。

“将四臂傀儡一并拿下！”头目模样的官兵吼道。

半人半傀儡得了命令，在操控师的操控下挥刀砍向四臂傀儡。

四臂傀儡收回两臂，往地上一扑，四手两脚匍匐在地上。

要不是刚才看到了站着的四臂傀儡，胡心水此时定会认为匍匐在地上的是一只巨大的蜘蛛！

胡心水的错觉预示了接下来的一幕。

匍匐的四臂傀儡先往后退了几步，避开迎头而来的刀刃，然后从面具的嘴里吐出白色的丝来。四臂中的前面两臂迅速拉扯白丝，如捕食的蜘蛛一般。

半人半傀儡一刀落空。

四臂傀儡飞快地将白丝缠绕在刀尖上，然后四臂双脚并用，飞快地在空地里跑来跑去。四臂傀儡的速度是如此之快，以至于胡心水还没有看清是怎么回事，那些半人半傀儡就被白丝捆在了一起。

接着，半人半傀儡身上的白丝越来越多。

不过眨眼的工夫，那些半人半傀儡就浑身都是白丝，与蜘蛛网上被蜘蛛困住的飞虫没有区别。

胡心水往地上一看，地面不知何时铺了许多白丝，就如同一张硕大的蜘蛛网！

头目模样的官兵提刀踏入“蜘蛛网”，试图将半人半傀儡身上的白丝切开，救出困在其中的半人半傀儡。

他脚下的“蜘蛛网”忽然一阵抖动，白丝将他的脚绊住。他的身体失去平衡，摔在了“蜘蛛网”上。

四臂傀儡腾空而起，落在官兵身上，从面具的嘴里迅速吐出白丝，两只前臂拨动他快速翻滚，将他密密匝匝地缠了起来。

许多围观的人见到这一幕，吓得不禁大叫。

胡心水见状，也恐惧不已。

这时，她听到胖子大喊：“你怎么还在这里？”

她朝人群里看去，胖子正着急地朝她招手。为了让她看到，胖子不停地奋力往上跳。

胡心水急忙往“蜘蛛网”外面走，生怕脚碰到地上的白丝。

让她没有想到的是，刚刚拎起她的那个重甲兵拦住了她的去路。

她以为重甲兵要趁四臂傀儡缠绕官兵的间隙将她抓走，正想绕开，那重甲兵说话了：“你快走，孔明灯就要飞走了！”声音跟刚才一样喑哑。

胡心水朝重甲兵的脚下看去，白丝已经缠到了他的膝盖。她回头看了一眼，四臂傀儡正以匍匐的姿势抬头看着她。

她明白了，重甲兵的话是在四臂傀儡的操控下说出来的。

她朝蜘蛛一样的四臂傀儡微微鞠了个躬，然后拔腿往圈外跑去。

几个官兵试图拦住她，却被地上蔓延开来的白丝缠住了脚，寸步难移。

胡心水跑了出来，直奔胖子，几乎是用力所能及的最大声音喊道：“快去孔明灯那里！中街落花店的姑娘就要飞走了！”

胖子本来看到胡心水的时候眼神中充满了疑问，但听到胡心水大喊后，便不顾一切地往孔明灯所在的方向狂奔。

胡心水此时脚又疼了起来，但咬牙紧跟其后。

她曾问过师父，为什么她已经修成人形了，走路还是会脚疼。

师父说："你尚未适应。"

她问："那什么时候会不疼？"

师父说："会一直疼。"

她问："那人也会一直疼吗？"

师父说："是的。"

她不信。

师父又说："人都是容易习以为常的。你对一个人好，那个人开始可能觉得好，但随着时间推移，那个人渐渐习以为常，便不觉得好了。你对一个人不好，那个人开始可能觉得不好，但渐渐地，那个人觉得你对其不好是正常的，也就不觉得不好了。幸福也是这样，一个人一直在幸福中，就会渐渐觉得平平常常，不过如此。疼痛也是这样，一个人一直在疼痛中，就会适应疼痛，不痛不痒。"

她听得出了神。

师父说："所以啊，人走路的时候脚是疼的，只是渐渐习惯了，疼痛还在，但是人感觉不到疼痛的存在了。除非走了太多路，超出了习以为常的范围，疼痛加倍，超出了习以为常的疼痛，人这时候才感觉到疼痛。”

“人这种生灵还真是奇怪啊！”她不禁感叹。

师父说：“对啊。如果你以后遇到一个人，想对那个人好，就少对那个人好一些。如果你想对那个人不好，就要加倍对那个人不好。”

胡心水看着胖子狂奔的背影，心想，还要多少时间，中街落花店的姑娘会把胖子对她的好习以为常？我要不要在离别之际，用师父的话劝劝他，让他适当地对那位姑娘少一些好？

想了想，她还是决定不劝胖子。她自认为还不够了解人，不能验证师父的话。

还没跑到围栏处，她就看见豁影抓住了胖子，吼着问道：“她去找你了，你看到她没有？”

胖子回答道：“后面！后面！”

她忍住疼痛，奋力跑到围栏边，扶住围栏大口喘气。

胖子问道：“中街落花店的孔明灯在哪里？”

豁影抬头看了看，说道：“你来得太晚了。她等了你很久，以为你不来了，已经坐上孔明灯升空了。”

“在哪里？在哪里？”胖子仰起头往天上看。

“太多了，怎么看得清楚？”豁影说道。

胡心水看到许许多多的孔明灯如同繁星一般，除了近处几个孔明灯之外，其他孔明灯根本分不清哪个是哪家店的。

“你为什么不等我？”胖子对着夜空咆哮。

空中的孔明灯越飘越远，宛若游龙。地面上的孔明灯又陆续升空，没有人回答他。

胖子跪了下来，双手捶地。

这时，胡心水看到泡泡过来了。她又一次认认真真地看着泡泡的影子。可是孔明灯太多，地上形成了好多个淡淡的影子，已经不能用师父的方法来分辨了。那些影子围绕着泡泡，仿佛一朵绽开的花。

豁影也看到了泡泡，冷冷地说道：“你还来这里干什么？”

泡泡没有回答，她走到胖子的身边，蹲了下来，不紧不慢地对胖子说道：“不是她不等你，是你来晚了。她等了你很久。我知道你的愿望是与她一起登上孔明灯，之前我特意去中街落花店找过她，问她是否愿意让你与她一起远走高飞。”

“多谢你的好意。”胖子的脸在抽搐。

“不用谢。这是我应该做的。”泡泡微笑着回答道，“我见过有人想要登上孔明灯却被拒绝的。被拒绝的人再也没有脸面在烟花巷待下去了。所以……我得问她这个问题。”

师父说过，世间的人喜欢讲究脸面，此脸面与眼、口、鼻、耳及脸颊无关，却比这些器官更加关乎生存。眼、口、鼻、耳及脸颊不完美的人，尚能立足于世。失了脸面的人却再难融于人世，刚烈的人甚至因此自寻短见。

胖子眼神空洞木然。胡心水看不出来他是在听泡泡说话，还是没有听。

泡泡也不管他听没听，继续说道：“我知道，你没有机会问她，因为你没有钱；她也没有机会回答你，因为她一直受人控制。”

“她怎么说？”胖子忽然问道，似乎瞬间没了信心。

“只要你来，我愿意一直等着你。”一个声音回答道。

胡心水一愣，这分明不是泡泡的声音。

胖子也一怔。

“可是你来得太晚了。”还是那个声音。

接着，一个身影从围栏后面走了出来。

胡心水定睛一看，竟然是中街落花店的那位姑娘！她嘴角含笑，眼神里却充满抱怨地看着惊呆了的胖子。

“这这这……这是……怎么回事？”胖子说话都不利索了。

泡泡站了起来，走到那位姑娘身边，搀扶着她，说道：“她说她愿意等你，我才放下心来。游街开始前，中街落花店的老板托人偷偷告诉我，官府的人发觉你在饭店窝藏罪犯，认定你和罪犯还在一起，要借她登孔明灯的机会抓住你和你的两位朋友。”

那位姑娘看起来有些虚弱，那是她失去了老婆子的控制后一时难以适应的原因。

师父说过，人在没有受控制的时候，觉得自由自在好；人在习惯了受控制之后，一旦不受控制，又觉得无所适从。

那位姑娘接着泡泡的话说道：“所以游街到街尾时，我按照她的吩咐躲进了空心木傀儡里，既避开了官府的人，也免得你们暴露。”

泡泡接着说道：“我原本想让她在孔明灯起飞之时再告诉你，让官府的人措手不及。可是你们以为是我带来了官府的人，不再相信我的话。好在你们还是来了！”

胖子羞愧于色，说道：“原来是这样！错怪你了！”

豁影也鞠躬道歉。

泡泡看了一眼胡心水，说道：“你还要多谢这位小姑娘，要不是她把你叫来，你心仪的姑娘下场可就惨了！”

“会有什么下场？”胡心水实在忍不住好奇了。

泡泡微微一笑，以手为刀状在那位姑娘的脸上轻轻一划，说道：“决定离开烟花巷而最后没有离开的姑娘，就没有脸面在烟花巷生存下去。姑娘所在的店里便会请皮囊师来，将姑娘的脸面切下，此后终日只能以面具遮脸。”

胡心水打了一个寒战。失了脸面，便要把脸面切去吗？

泡泡收起手，说道：“不用害怕，你们都能走。我预备的孔明灯还在这里，你们跟我过来，尽快升空离开。”

泡泡带着他们来到另一处。脸上有印章的女人在那里等着他们，身后有两个已经点燃了的孔明灯。

“到了落阳城，记得帮我问问这个人。”脸上有印章的女人指着“虫儿”两个字，满怀期待地对胡心水说道。

胡心水用力点头。

胖子和那位姑娘登上一个孔明灯，胡心水与豁影登上另一个孔明灯。

泡泡分别解开孔明灯与围栏之间的绳子。两个孔明灯先后升空。

孔明灯越飞越高。

胡心水看到地面上的人变得越来越小。不一会儿，她就看不见地上的人了，只能看到地上的灯光如一群萤火。

再远一些，地面上的灯光小得跟夜空中的星星一样了。一时之间，她分不清哪边是天，哪边是地。

豁影也是第一次坐这样的孔明灯，他也惊奇于空中的奇幻美景。

“这人间，就跟天堂一样啊！”他双手抓着吊篮，发出类似的感叹。

然后，他说：“没想到你真能找到胖子。”

胡心水探头往更高处看，因为孔明灯的大小不一样、火焰不一样、速度不一样，此时天空中的孔明灯没有了秩序，她分不清哪个孔明灯上有胖子和那位姑娘。

“我没找到他，是他发现了我。”胡心水说道。

她感觉越到高空，风就越大，于是在吊篮里坐了下来。

豁影也坐了下来，问道：“怎么是他发现的你？”

胡心水便将她去寻找胖子时遇到重甲兵以及四臂傀儡的经过说了出来。

“四臂傀儡？四臂傀儡怎么会来这里？怎么会帮你挡住那些官兵？我只听说过，从来没见过！你跟四臂傀儡有交情？可惜了，可惜了，要不是急着离开，我应该去看看的！”豁影又惊又喜，问出一连串的问题。

“你对四臂傀儡这么感兴趣？”胡心水问道。

“那是当然！四臂傀儡可是操控师里难得的奇才！常人只能用两只手来操控傀儡或者人，四臂傀儡却可以用四只手来操控！”豁影兴奋地说道，好像他做梦都想多生出一双手来。

“两只手操控跟四只手操控有什么区别？”

“区别太大了！高手相遇，差距都只在毫厘之间。那是因为他们都到达了极限。而四臂傀儡凭空多出一双手来，一下子高出一倍的操控能力！那么高手在四臂傀儡面前差的就不是毫厘了，差的是一辈子都无法到达的高度！这是天壤之别！一个在地上，一个在天上！一个是凡人，一个是神仙了！”豁影两眼放光。

“有这么夸张吗？如果是这样，操控高手都会想方设法像四臂傀儡一样多弄一双手在身上，那世间的操控师都要变成四臂的了。”胡心水说道。

“有得必有失。四臂傀儡因为多了手臂，就会失去其他的。”豁影似乎这才稍稍冷静了一些。

胡心水回想那四臂傀儡，问道：“失去什么？”

豁影道：“人的感知能力有限，有耳朵听，有眼睛看，有鼻子闻，有嘴巴尝，单独来说，都是一种感知。这些感知汇集在一起，就会互相影响，互相减弱。所以，琴声要用心听的话，常常会闭上眼睛去听。诗书要用心读的话，常常会选择安静的环境，摒除杂音绕耳。”

胡心水点头，这道理她都懂。

豁影接着说道：“两只手也是要消耗感知的，聪明的操控师想要用多一倍的感知来提高操控术的极限，那就要摒除一些其他方面的感知。因此，有的四臂傀儡摒除了耳朵，有的摒除了眼睛，有的摒除了鼻子，有的摒除了嘴巴。结果就是，有的听不见，有的看不见，有的闻不到，有的说不出。”

胡心水想起那个四臂傀儡控制重甲兵说话的情形。莫非那个四臂傀儡自己无法说话，才操控别人来说他要说的话？

“所以四臂傀儡出现的时候，必戴带着面具，因为不想让别人看到他们脸上缺少眼睛或者嘴巴。他们的脸经过皮囊师之手削皮换骨，乍一看十分恐怖。”豁影说道。

“那脸上什么都没有的操控师岂不是最厉害？”胡心水说道。

豁影哈哈大笑。

“你笑什么？”

“因为我以前问过同样的话。”

“是吗？”

“是啊。被问的人回答说，如果眼、鼻、口、耳七窍全部被皮囊师抹去，操控师就会消失于世间。”

“消失？为什么会消失？”

“那个人说，你我存在于世间，是因为能看到世间万物，能听到世间妙音，能闻到世间气息，能尝到世间味道。若是失去这些感知，你便与世间失去了联系。触目无非道场，无我谁住人间？那么，你便是你，世间便是世间。你不在世间，世间也没有了你。”

胡心水心里咯噔一下。

还在胡林山的时候，她听师父说过类似的话。师父说：“你在世间，世间便存在。你若不在了，世间便也不在了。”

那时候她听得稀里糊涂，此时听豁影说了这些，又似懂非懂。

“跟你说这些话的那个人是谁？”胡心水问道。

豁影摇摇头，说道：“我也不知道。我从来没有看到过他的脸，也不知道他的名字。是他让我的操控术突飞猛进的。”

胡心水正要追问，一阵剧烈的风吹了过来。远处孔明灯上传来惊恐的尖叫声。

豁影和胡心水赶紧爬起来，往外面看去。有好几个孔明灯被风吹得歪歪咧咧。其中几个孔明灯里的火焰被吹得太旺，火焰烧着了孔明灯的外罩。火焰很快就笼罩了整个孔明灯，成了一团呼呼燃烧的大火球。

胡心水看到孔明灯上的人因此从高空坠落到看不见底的黑暗里去了。

豁影赶紧脱下外衣给孔明灯的火焰挡风。外衣被风吹得猎猎作响，胡乱飘动，根本起不了什么作用。

胡心水上前抓住两个衣角，让挡风的外衣不再飘动。

火焰这才稍稍安定了一些。

此时夜空中的许多孔明灯还在失控的状态，如同惊涛骇浪上的小舟。

豁影却开起玩笑来了，对着火焰说道：“看见了吧，两只手跟四只手的区别就在这里。”

胡心水担忧地望向远处上下起伏、左右摇摆的孔明灯，说道：“他们不会有事吧？”

豁影知道她说的是胖子和那位姑娘，安慰道：“不会的。他们好不容易走到今晚，老天爷也不会不眷顾他们的。”他说话的底气不是那么足。

胡心水心想，他说“老天爷也不会不眷顾他们的”，跟先前那位老人说“好人有好报”是同样的道理。

风不仅大，方向也很乱，一会儿朝这个方向吹，一会儿朝那个方向吹。

胡心水跟着豁影不停地调整位置，避免火焰烧到孔明灯的外罩。

如此折腾了一个多时辰，风终于停了。胡心水和豁影累得几乎瘫下。

胡心水看了看四周，眼睛所能看到的地方只剩下寥寥几个孔明灯。

“你先歇一歇，我看着。”豁影说道。

她不安地坐下来，害怕还会遇到这样的风，随时准备起来，可是一坐下很快就入睡了。

等醒来的时候，她发现吊篮异常平稳，而豁影不见了。

她吓得站了起来，看到地上铺着孔明灯的外罩，豁影躺在外罩上，睡得正香。

原来我们已经降落了。她这才反应过来。

她松了一口气，从吊篮里走了出来。

这里是一座山顶的平地。朝远处望去，到处都是郁郁葱葱的草木。朝阳正从一片郁郁葱葱中缓缓升起，仿佛它原本就在草木里，此时正被一点一点地拽出来。

忽然，她听到了小孩打闹嬉笑的声音。

循声望去，她看到三四个小孩在一条羊肠小道上跑来跑去，距离她大约有半里。

既然有小孩，附近应该有人家。找到人家，就能问出这是哪里，如何能去落阳城。她心想。

她不知道孔明灯飞了多少路程，也不知道方向偏离了多少。不问人的话，恐怕没有办法继续往落阳城走。

她想让豁影多睡一会儿，便悄悄地往那羊肠小道跑去。

到了刚才小孩出现的地方，她却找不到那些小孩在哪里。打闹嬉笑声忽然就没有了。

她侧耳倾听，既没有听到脚步声，也没有听到轻微的说话声。

胡心水的手不小心碰到了路边的草，草叶之上的露水将她的手指打湿了。回头一看，身后走过的地方留有脚的水印。

她灵机一动，往刚才小孩嬉戏的地方看去，那里居然没有任何踩过或者绊过的痕迹！

“你是不是看到月牙儿了？”豁影的声音忽然在她身

后响起。

这突如其来的声音吓得她一哆嗦。

“月牙儿？”她问道。

“是啊。我以前跟爷爷进山里采药，经常在清晨看到。”豁影不以为奇。

她想起豁影装成他爷爷在山里采药的样子。

“月牙儿是什么东西？”她问道。

豁影回答道：“爷爷说，这世上不仅仅有我们这样有皮囊的生灵，还有许多没有皮囊的生灵。有皮囊的，能凝聚成形；没有皮囊的，偶尔也能成形，可是特别容易消散，它们害怕风和阳光。”

他伸手蘸了一颗露珠，看着露珠继续说道：“就像这些露水一样，风能将它吹干，阳光能将它蒸发。月牙儿就是这样的生灵。”

“原来是这样！”

“要说世上不会被操控的东西，恐怕只有它们了。”

听了这句话，胡心水差点笑出声来。

豁影见她笑了，问道：“这好笑吗？”

胡心水摆摆手，心里却想着，师父远避人世，说是要摆脱控制与被控制，莫非最终是想成为一个月牙儿？等从落阳城看完烟花回来，那时候问师父是不是想要变成月牙儿，师父也会笑起来吧？

“你知道这是哪里吗？”胡心水问道。

豁影摇头：“我没去过落阳城，以为你认识路，才跟你一起走的。”

胡心水抬头看看天空，为难道：“本来一直往北走是可以到落阳城的。昨晚孔明灯遭遇大风，不知道孔明灯往哪个方向飞了多远。我们已经偏离了原来的路，如果还是一直往北走，不知道会走到什么地方去。”

“这里既然有这种小路，就应该有人上山下山。我们往前走一走，遇到人了问一问路。”豁影一面说着，一面顺着羊肠小道往山下走去。

胡心水还不甘心，扒开草丛往树林深处去看，期待能看到躲起来的月牙儿。

胡心水的目光还没有从树林里挪出来，她就听到豁影“哎哟”叫了一声。等她往豁影的方向看去时，豁影已经不在她的视野里了！

她赶紧跑了过去。

“不要过来！”豁影的声音居然从胡心水的脚下传来。

胡心水抬脚想往后撤，可是已经来不及了。脚底的草开始往下滑动，胡心水随之掉入草皮掩饰的陷阱里。

刚刚站立起来的豁影又被胡心水撞倒了。

“完了，我们掉入陷阱了！是那些月牙儿故意引我们来这里的！”豁影尝试爬上去，可是徒劳无功。

这个陷阱有三四个人那么深，底下略宽，洞口略窄，洞壁上满是青苔，一抓就掉落。

豁影又跳起来爬了几次，都失败了。

“我们要死在这里了！”豁影看着手上滑溜溜的青苔，沮丧道。

“不会的。”胡心水安慰道。

豁影一喜，问道：“你有办法出去？”

胡心水看了看四周，摇头道：“我没有办法出去。我的意思是，我们不会死在这里。”

师父曾带她去胡林山深处挖了一个大坑，坑上铺了竹片和草。

她问师父这是做什么。

师父说：“你不是想要一只兔子吗？师父就给你种一只兔子。”

她笑了，说：“只有种树、种花、种草的，哪有种兔子的？”

师父放下锄头，说：“种因得果，万物如此，何止是花草？等明天我们再来，这里就会长出一只兔子。”

回去之后的晚上，胡心水做了一个梦，梦见师父挖的地方长出了一根藤，藤上开了一朵花，花渐渐变成了一个毛茸茸的板栗果实。她摸了摸板栗的毛，扎手得很。梦里师父突然来到她身边，指着扎手的板栗对她说道：“你看，兔子长出来了。”

第二天，师父带她去了挖坑的地方，发现坑里有一只刺猬。刺猬缩成一团，就跟她梦中的板栗几乎一模一样。

她问师父：“您种的不是兔子吗？”

师父解下腰带，将刺猬裹了起来，说：“虽说种因得果，但不是种什么因就一定会得什么样的果。有心栽花花不开，无心插柳柳成荫，天意难测。不过没关系，往后，它的名字就叫‘兔子’吧。”

从此以后，胡心水的房间里多了一只被唤作“兔子”的刺猬。

“你怎么确定我们不会死在这里？”豁影打断了胡心水的思绪。

“陷阱做得这么好，必定是为了捕捉什么东西的。等到设置陷阱的人来查看，我们就能获救。”胡心水说道。

“对，对，应该会有人来的。只要来的不是皮囊贩子。”豁影安慰自己道。

“皮囊贩子是什么人？”胡心水问道。

豁影眉头皱起，说道：“自皮囊术出现之后，很多人为了获得美貌而不择手段。有人削皮换骨，有人卖皮售骨。人之皮肉骨，就如屠夫摊上的皮肉骨一样。更有黑心者，将人当作猎物，捕捉之后卖于黑市，换取高额金钱。以人的皮肉骨为生意的人，便是皮囊贩子。我看陷阱这么深，不像是普通猎人捕捉猎物的，而像是专门捕捉人的。”

胡心水汗毛倒立。早知道人世间这么多凶险，就不从胡林山下来了！

豁影看了看她的脸，又安慰道：“不过你的脸嘛……应该卖不了高价，所以你尚有一线生机。”

“是吗？”胡心水不太相信。

“当然。皮囊有好看的，有不好看的……呃……有不怎么好看的，价格差异巨大。皮囊贩子捉到人之后还要养活，等待买主验货出价。像你这样的……卖的钱或许还不够你这张嘴吃……亏本的生意谁会做？所以……你尚有一线生机。我实话实说……你可……不要生气……”豁影支支吾吾道。

胡心水哪里会生气，她高兴得不得了。有一线希望总比没有希望好。

“那你呢？他们会不会把你卖了？”胡心水问道。

豁影叹了一口气，说道：“我就凶多吉少了。女人的皮肉骨被卖，大多是因为别的女人想换更好的皮肉骨。男人的皮肉骨被卖，大多是被用去治疗别人了。有断骨伤筋者，往往去自称为医师的皮囊师那里，换别人的骨，接别人的筋。四臂傀儡就是从技艺特别高超的皮囊师那里接了他人的双手。”

胡心水慌了，说道：“那不行，不能让你落在他们手里。”

她对着上方的洞口大喊：“来人啊！来人啊！救命啊！救命啊！”

豁影拉住她，说道：“别喊了，这么偏僻的地方一般不会有人来的。喊了也白喊，你别浪费精力。”

“那……我能做什么？”

“坐着，休息，等设置陷阱的人来。”说完，他自己坐了下来。

胡心水泄了气，找了块干净的地方坐了下来。

这时候，洞口边有一个白白的东西出现。

胡心水往洞口看去，竟然看到了刚才消失的月牙儿。那个浑身白色的小孩模样的月牙儿正探了头往底下看，一副天真无邪的样子。

接着，好几个月牙儿的脑袋伸到了洞口，好奇地看着困在陷阱里的胡心水和豁影。月牙儿的眼睛都是白色的，看起来既乖巧，又阴森。

胡心水正想跟月牙儿说话，耳边传来炸雷一般的声音。

“看什么看！”豁影怒吼道，同时朝月牙儿抛出了一块泥土。

月牙儿的脑袋立即缩了回去。

泥土到了洞口，又散开落了下来，落了豁影一脸。

豁影气咻咻地抹去脸上的泥土，说道：“是它们故意引我们掉入陷阱的！”

“是吗？”胡心水将信将疑。

洞口处月牙儿的脑袋又探了出来，看到豁影灰头土脸，乐不可支地笑了。笑声如小孩，在陷阱里回荡，有些瘆人。

豁影咬牙切齿，指着月牙儿凶狠道：“等我上去了，把你们藏身的地方都挖了！”

胡心水问道：“它们藏身在哪里？”

豁影道：“它们没有皮囊，容易消散，往往躲在吸取天地精华的珍贵药材生长的地方。如果把药材挖了，它们就失去了寄居之所，时间一久，难免消散。”

第五章
皮肉骨

胡心水相信他的话。毕竟他以前经常上山去采药。

这时，胡心水听到月牙儿纷纷说道：“来了，来了。”语气有些慌张。

“什么来了？”胡心水问豁影。

豁影摇头表示不知道。

月牙儿的脑袋又不见了。

胡心水听到了隐隐约约由远而近的脚步声。

脚步声到了胡心水的头顶上。胡心水抬头看去，看到一个头戴斗笠、身穿蓑衣、满脸皱纹、鬓发斑白的人。那人嘴里叼着一个烟斗，肩膀上坐着一只猴子。

那人往陷阱里一看，看到了胡心水和豁影，得意地笑了，说道：“一百多天没有捕到过东西了，今天财神爷照顾，落了两个啊！”

豁影低声对胡心水说道：“糟糕，看来真是皮囊贩子。”

胡心水低声问道：“何以见得？”

豁影道：“他说‘财神爷照顾’，意思是可以把我们两个卖了换钱。要是这陷阱是为了捕捉其他猎物，他看到我们不会这么高兴。”

那人肩膀上的猴子以手搭在眼睛上，也往陷阱里看。

“他也是操控师。”胡心水说道。

“你怎么知道？”豁影问道。他抬起头来往洞口看，此时恰好阳光照射下来，落在他的脸上，使他难以睁眼。

胡心水道：“那只猴子的手臂是一节一节的，抬手的时候晃动，显然不是活猴子，而是手工做出来的傀儡。”有了上次遇见豁影的经验，她猜测那人在没有下雨的情况下头戴斗笠、身穿蓑衣，正是为了掩饰操控傀儡猴子的线。

“上次我扮作我爷爷，你都没有看出破绽，现在怎么突然变得这么聪明？”豁影对她刮目相看。

那人在洞口问道：“你们是从哪里来的？要到哪里去？”

胡心水正要回答，被豁影制止了。

豁影朝她摇摇头。

“不说是吧？不说我也能猜到。”那人说道。猴子从他的左肩跳到右肩，又从右肩跳到左肩。阳光一会儿被它挡住，一会儿照射到洞里来。

“你能猜到？”豁影不信。

那人指了指天上，猴子立即抬头往天上看。那人说道：“昨晚有孔明灯从上面经过，你们应该是从烟花巷来的，从孔明灯上落下来了。”

豁影见隐瞒不住，只好点头。

那人挠了挠后脑勺，似乎很为难，说道：“烟花巷的姑娘不容易，敢登上孔明灯的小伙子也是勇敢的人。救你们违反我的原则，害你们我于心不忍。你们就留在这个陷阱里，自生自灭吧。”说完，他转身要走。

“且慢！”豁影大喊一声。

“怎么了？”那人回头问道。

“我们虽然是从烟花巷来，但她不是烟花巷的姑娘。她只是路过烟花巷，想去落阳城。”豁影大声解释。

“那你呢？你也不是为了烟花巷的姑娘才登上孔明灯的？可是你俩恰好又都在一个孔明灯上。”那人显然不相信。

胡心水知道真实的情况不能说出来，毕竟他们都是官府要抓的人，而豁影这种半遮半掩的说法不能让那人相信，急忙说道：“其实他是操控师，我是他的傀儡。”

操控师与傀儡一起登上孔明灯，这样就合情合理多了。

那人在洞口蹲下，细细打量胡心水，然后目光回到豁影身上，问道：“你自己不解释，怎么让傀儡解释？”

“是我操控她说的话。”胡心水模仿豁影的声音说道。

她站起来，模仿烟花巷的姑娘摆了两个姿势。

豁影听她这么说，立即假装抬起手，舞动手指，做出操控的样子。

“难怪这姑娘的脸这么生硬，像是画上去的。”那人有些相信了。

胡心水想起师父在她脸上贴纸的情形，心中纳闷，明明那张纸脸不见了啊，难道还在我脸上不成？

“想不想上来？”那人问道。

“想。”胡心水和豁影几乎同时说道。

“想上来的话，先让我绑住你和傀儡的手。”那人说道。

豁影问道：“为什么要绑？”

“你被我抓住了，就要听我的。要是不听，我就过些天再来。”那人阴森地笑着。

豁影急忙说道：“绑吧！”

那人道：“识时务者为俊杰。”

猴子从他肩上往陷阱里跳了下来。

胡心水以为猴子这样跳非常危险，可是很快发现自己的担心是多余的。

猴子跳下后降落的速度非常慢。

她仔细一看，一根头发丝粗细的绳子牵着它，让它慢慢降落。

豁影喃喃道：“果然是操控师！”

猴子落地，爬到了胡心水身后，将她的双手反绑在身后。

她注意到这只猴子是木头傀儡，但灵活程度几乎不弱于一只活猴子。

然后猴子爬到豁影身后，将他以同样的方式绑了。

那人在上面警告道："你不要要什么花招。如果让我生疑，我就会切断连接的线，让你烂在这里。"

绑好他们之后，猴子先顺着线爬了上去，然后与那人一起用力拽线，先将胡心水吊了起来。

"怎么这么轻？"那人又生疑了。

豁影答道："木头做的，当然轻了。"

那人和猴子一起使劲，将胡心水拉到了地面上。

接着，豁影也被拉了上来。

那人累得不行，坐在地上喘气。

胡心水偷偷问豁影："他干吗和傀儡猴子一起拉我们？猴子本来就是他自己操控的，帮它拉也是他自己的力气。"

豁影答道："那是你不够了解操控师。傀儡跟操控师久了，会产生一点点属于傀儡自己的意识。所以它也能帮上一点力气。另外，操控师时刻要让傀儡跟真的一样。他不可能让猴子躺在地上。"

"哦，原来是这样！"胡心水点头。

那人气喘匀了，侧头问豁影："你饿了吗？"

在孔明灯上折腾了一夜，早饭也没有吃，他当然饿。

豁影回答道：“饿。”

“那就跟我去吃点东西吧。”那人爬了起来。

这次猴子没有爬到那人身上去，而是跟在他后面。

胡心水高兴地跟豁影说：“看来他是个善良的人，不会把我们卖了。”

豁影低声道：“你以为他给我饭吃就是善良的人？这是要喂饱我了再卖掉！我爷爷在杀鸡、杀猪前，都会先喂饱它们。官府在给死刑犯砍头前，也会先给一餐饱饭，叫作送行饭！”

胡心水哑口无言。

这时，那人回过头来，看了看豁影，羡慕地问道：“你的傀儡很有自己的意识嘛。”

豁影愣了一下，点头道：“是啊，是啊。”

“可我看你的操控术没有多厉害嘛，怎么会有意识这么深的傀儡？”那人问道。

胡心水暗暗一惊。原来那人是在套豁影的话！

胡心水心中自责。我不该说这么多话的，导致那人又开始怀疑了。一个如此年轻的操控师，怎么可能有简直活人一样并且会问各种问题的傀儡？刚才我应该假装有点傻才是。

“嗯？”那人见豁影不回答，瞪眼发出质疑的声音。

豁影笑道：“这傀儡不完全属于我，还属于我师父，是我师父传给我的。”

“你师父？”

“对。这傀儡在我师父那里的时候就开始有意识了，所以才会这样。”豁影说道。

“这样啊……”那人点点头，继续往前走。

猴子一边走一边回头看他们。

走了一段路之后，路越走越难走，似乎那人故意选择难走的地方走。脚下的路就像钻进密林中的蛇一样。他们脚下虽然有路，但身前却被树枝和灌木丛挡住。在行进过程中，他们一会儿被树枝打了脸，一会儿被刺扎了腿。

胡心水拽着豁影的衣服，跟在他身后走。

师父说过，有人走过的地方才会有路。可是这条路虽然在脚下，但身子很难过去，应该是很少人走才对。那这条路是怎么出来的呢？

她问豁影：“这里都被挡住了，为什么还有路？”

豁影还没有回答她，她就听到前面有人大喊：“什么人？”

那人回答道：“自己人！”

接着，胡心水看到两个只有常人腰高的矮人跑了过来，给那人行礼。

胡心水明白了，脚下的路是这种矮人走出来的！

可是她不知道这种矮人是什么人。

豁影见她迷惑地看着矮人，凑到她身边解释道：“他们就是像我们一样被抓住的人。本来和正常人一样，皮肉骨越卖越少，就只有常人的一半了。”

“那他们为什么看起来还很尊敬那个人？”胡心水看到那两个矮人对那人毕恭毕敬。

豁影道：“这个说起来就有点复杂了，简单地说，他们每次被卖一些皮肉骨，就会忘记一些事情。卖得越多，忘得越多。最后他们忘了太多，甚至不记得自己是被抓到这里来的，还会把他当作衣食父母，当作恩人。我们得想办法逃走，不然你我都会变成那样。”

胡心水毛骨悚然。

“我可不能留在这里，我还要去落阳城找皇后报仇！”豁影凑到胡心水的耳边说道。

“那怎么办？”胡心水问道。

豁影道：“等他为我们解绑后再见机行事。”

将他们从陷阱里吊起来的线一直握在猴子手里。

又走了几十步，胡心水发现前面豁然开阔，一个小山村展现在眼前。她听到了马打喷嚏的声音，听到了狗吠。

豁影也非常惊讶。

“这是什么地方？”豁影问道。

那人得意道：“世外桃源。”

一条黄狗跑了过来，似乎认得那人，绕着他的脚跑了几圈，然后领着那人往村子里走去。

豁影叹道：“好厉害的操控术！”

胡心水觉得莫名其妙，问道：“哪里厉害了？”

豁影道：“刚才那条狗，是别的操控师操控它跑过来的。这不算厉害。厉害的是，那条狗绕着人跑了几圈，操控的线却没有缠上人，这就了不得了！”

胡心水再次往那条狗看去，果然看到了隐隐约约牵连的线。

“也不见得吧？线都没有隐藏好，怎么算得上厉害？”胡心水虽然看到那人肩上的猴子是傀儡，但没有看到那人操控猴子的线。相形之下，她觉得那人的操控术也比操控那条狗的人强。哪怕是豁影隐藏线的方式也高明许多。

豁影摇头道：“他不隐藏线，是因为这里是他的地盘，无须隐藏。”

他看了看眼前的小山村，感叹道：“看来这里高手云集啊！”

豁影话音刚落，一个人骑着马跑了过来，马蹄嘚嘚。

胡心水看到那个人虽然骑着马，但是手中无缰，马背无鞍。再仔细看看，原来马是在那个人的操控下扬蹄奔跑的。

“哎，鹤临，今天运气不错啊！捉了两个！”马上的人经过那人身边的时候说道。

胡心水这才知道捉他们来的那人叫鹤临。

“你的马术挺有长进的啊！以后送信就靠你了！”鹤临回道。

“练练手而已，要送信，还得骑千里马！”马上的人说道，然后喝了一声“驾”，与胡心水擦肩而过。

进了村，经过一座又一座的房子时，胡心水看到各种各样的操控师在练习操控术。有的操控人，有的操控小动物，有的操控木傀儡。还有小孩子在玩皮影戏，操控彩色的小纸人。而在这些正常人的身旁，往往会有一个或者几个矮人像下人一样候着。

“这里有这么多矮人啊……”胡心水胆怯地对豁影说道。

豁影说道:“他们虽然是人,但和进了畜生道没有区别。”

“为什么？”

“对于这个奇怪的村子里的操控师来说，这些矮人就是他们养的猪、马、牛、羊。猪养肥了会被宰，羊毛厚了会被剪。他们被卖皮肉骨，跟那些村民养的家畜有什么区别呢？他们的感恩也一样，家畜被养的时候，也会对主人产生类似的情感。”

胡心水看着伺候操控师的矮人，心生同情。

想到自己可能成为“家畜”中的一员，她又浑身战栗。

鹤临在一座看起来跟其他房子没有太大区别的房子前

停下，大喊道："我回来了！"

房门开了，门口站着一位端庄漂亮的女人。

"怎么才回来呀？害人家等你好久……"漂亮女人倚在门口，娇声道。

胡心水听了，浑身一颤。那女人的话里仿佛能挤出蜜来，甜得让胡心水受不了。

鹤临见了那女人，舒心地笑了，笑得脸上的皱纹更加深、更加厚。他走到门口，伸出手想要触摸她的下巴，却在快要碰到的时候收了手，干咳一声，说道："这不是捉了两个人来嘛！费了些时间。你看，一个也是操控师，一个是他的傀儡。"

漂亮女人突然变了脸色，嫌弃地瞥了鹤临一眼，没好气地说道："靠我这么近干吗？老夫老妻了，别在别人面前丢人现眼！家里的米缸快见底了，你也不想想办法！"她的声音像变了一个人一样，比刚才粗得多。

鹤临立即后退一步，离她远些，略微尴尬地取下斗笠，挂在外墙的一颗木钉上，说道："等新的买主来了，我就去买些粮米回来。这地方虽好，但老鼠多，不但啃坏柜子门窗，还偷米吃。"

漂亮女人的声音忽然又变得娇滴滴："那你捉只猫来给我养，不就两全其美了吗？都说女人像猫最好了，你有没有觉得……我有时候温顺得像只乖乖的猫……”她一边说着，一边轻佻地靠近鹤临。

鹤临似乎一时之间还没有接受她的突然转变，有些防备地往后退，与她保持一定的距离，直到背靠在了墙上。

漂亮女人见鹤临后退，伸出手指在他胸口戳了戳，说道：“你累了吧，我去烧水，让你洗个热水澡舒缓舒缓。”

鹤临点头。

漂亮女人扭身回屋里烧水去了。

鹤临又摘下蓑衣，挂在斗笠旁边，然后对矮人说道：“你们也去歇着吧。”

两个矮人往屋侧走去。

胡心水看到有一个小如笼子的矮屋挨着房子搭建。矮屋虽小，但门窗俱全，就如缩小了许多倍的大房子。矮人从矮屋的矮门进去了。

她看了看前前后后的房子，每一座房子旁边都搭着一个类似的矮屋。豁影说得没错，这些矮人跟家畜没有什么区别。鸡住鸡笼，猪有猪圈，矮人也一样。

鹤临转头对豁影说道：“等我洗完澡了，再给你弄些吃的。”说完，他就往屋里去了。

胡心水从鹤临的话里听出，他已经开始把豁影当作“家畜”了，不说“请你吃个便饭”之类的话，而说“给你弄些吃的”。

猴子走到门口，在门槛上坐下，却不放开牵着豁影和胡心水的线。

鹤临一走，一个矮人从矮屋里走了出来，给豁影一碗饭，饭里有些剩菜，说道："吃吧，别饿着了。"

豁影感动不已，连声道谢。

矮人笑道："以后就是一家人了，说什么谢谢！"

听到这句话，豁影脸上感激的表情顿时消失了。他看了看碗里的饭，吃也不是，不吃也不是。

胡心水弯腰问矮人："刚才那个是你家女主人吗？"

矮人说："是。"

"她怎么……"

"你觉得她很奇怪，是吧？唉，她这样很久了。到底有多久呢……唉，我也记不住了。以前的事情都忘得差不多了。反正我听村里人说，她为了变漂亮，找落阳城的皮囊师换皮削骨。但是呢，皮和骨都带着别人的记忆，她用了之后，有了别人的记忆，所以一会儿像她自己，一会儿像另一个人。"

"这样啊……"胡心水算是明白了。

豁影听到"落阳城"三个字，激动地问道："你知道落阳城？从这里怎么去落阳城？有多少路程？"

矮人挠挠头，说道："我以前好像去过很多地方，但是都忘记了，现在除了这里，其他地方都不熟悉。"

胡心水相信矮人的话。矮人的皮肉骨带着他的记忆，失去皮肉骨，就失去了连带的记忆。

豁影却不管这些，他一心要去落阳城报仇，他将碗塞到胡心水的手里，焦急地抓住矮人，问道：“你再想一想，再想一想！说不定想起来了呢？”豁影一边说，一边用力地摇晃他，似乎这样就可以让他记起忘记的事情。

矮人微笑道：“不，不，不，忘记的就忘记了。对我们来说，回想那些已经忘记的事情，会让人变得痛苦且没有意义。”

豁影愣住了。

胡心水也大为惊讶。原来矮人并不是完全对自己的遭遇不知不觉！他们的记忆被带走了，他们是知道的。他们之所以不再追忆，是因为他们知道那些记忆会给他们带来痛苦！

但是豁影仍不放弃，对矮人说道：“如果一直这样，你会失去所有的！”

矮人笑道：“所有人都会失去所有。来，你跟我来看看那些失去所有的人。”

说完，矮人往矮屋那边走去。

胡心水好奇不已。这里还有失去所有的人？

她想去看看，又要防备坐在门口的傀儡猴子。

矮人回头，见他俩犹豫，知道他们在犹豫什么。他走了回来，拉着豁影的衣角，说道："线在它手里，它知道你们走不掉。"

果然，豁影跟着矮人走向矮屋的时候，猴子只是转头看了看他们，没有阻拦。

到了矮屋门口，矮人走了进去。

豁影为难道："门太矮了，我进不去。"

胡心水低头弯腰，想要钻进去，也觉得太艰难。

矮人摆手道："不是要你们进来。我要你们看的人在屋后面。"

胡心水赶紧退了回来。

矮人从矮屋里出来的时候手里多了一把小锄头。

"你何必让他们看那些东西！"矮屋里另一个声音响起。

胡心水听出那是之前领着他们进村的另一个矮人的声音。那个矮人的语气有些抱怨，也有些怜悯。

拿锄头的矮人不以为意，朝他们招手，示意他们继续跟着他。

他们来到了屋后。

胡心水被眼前的情景吓了一跳！

这里有一个花盆，还有一棵树。花盆里有一颗人头，树上有许多人头！

矮人安抚道：“不要怕，他们还活着呢。”说完，他用小锄头给花盆松土。

花盆里的脑袋竟然说话了：“谢谢。”

是女人的声音。

从发式来看，花盆里的脑袋并不像女人的脑袋，可是五官是秀气的。

矮人解释道：“本来她头发很长的，到了这花盆里之后因总落在地上，总弄脏，所以她就叫我帮她剪掉了。”

这时，树上有男人的声音传来：“苦果，你又来帮她松土啦！”

胡心水朝树上看去，看到一张悲苦的脸，眼角和嘴角都往下垂，仿佛脸在融化，要流下来。

其他的头眼睛都闭着，似乎习惯了屋后这种宁静，都在闭目养神。

矮人停止了松土，对豁影和胡心水招手，让他们弯下腰来。矮人悄声解释道：“他们就是卖得太多了，只剩颗头了。有个好心的皮囊师偶尔来这里，将他们的血脉与树脉相接，让他们不至于死掉。好在他们很容易忘掉所有的事情，以为自己就是长在树上的。”

豁影刚要直起身来，又被矮人拽了拽。

矮人又道：“他们不能笑，一笑花枝乱颤，就会掉下来。”

“那她呢？也是卖得太多了吗？为什么她在花盆里，而不是树上？”胡心水问道。

“不，她不一样。她是被一个操控师埋在这里的。那个操控师害怕她不爱他，于是将她控制起来，她举手投足皆由他牵引而动。日子久了，操控师觉得这样不妥，因为他感觉不到她是自愿的还是被迫的。他不想操控她了，又给她自由。可是自由的她又让他不安心。最后他想出了一个两全其美的办法，既不用操控她，又能让她不离开。”矮人说道。

“什么办法？”胡心水问道。

豁影说道：“还能有什么好办法？把她种在土里，像一棵树一样。这样既不在他的操控中，又让她不能离开。”

矮人叹息一声，点点头。

胡心水咂舌，她还以为那个操控师想到了什么两全其美的办法。

师父说过，人世间有一种药，给心爱的人吃过后，心爱的人从此会死心塌地地跟着放药的人，不离不弃。这种药的制作方法众说纷纭，不一而足。但是公认的禁忌是不能让吃药的人知道，一旦知晓，药效就会消失。

胡心水以为操控师用了类似的方法，这颗女人头是历经种种之后的结果，而不是豁影说的那样直接奔向这样的结果。

矮人说道："操控师将她的手足和躯干接上树根，将她的身体变成了根状，埋在土里，留了头在外面。这样，她就变成了一棵美人草。"

胡心水看了看比头大不了多少的花盆，心想，她的身体怎么能容在这么小的花盆里？

矮人见她对花盆生疑，说道："为了不让泥水溅到脸上，才用了这个花盆。其实她的身体埋在花盆以下的泥土里。"

"那为什么你不把她挖出来？你是害怕那个操控师吗？"胡心水要去抢夺矮人的小锄头。

矮人将小锄头藏到身后，说道："你别急，她的身体已经和树根融合在一起了，挖出来的话，她会像摘下来的花一样枯萎。"

"谢谢。"美人草抬起眼皮，有气无力地对胡心水说道。

胡心水怔了一下。她等待美人说些其他的话，比如说"我命苦"或者"我没事"之类的，抑或是说起那个怪异的操控师当年对她怎样之类的往事。

但她说了"谢谢"之后又沉默了。

这时，树上的脑袋说话了："给我一点有味道的东西吧。嘴里太寡淡。"

矮人掏出一片茶叶，递给豁影，请求豁影放到那颗脑袋的嘴里。

豁影照做了。

那颗脑袋慢慢咀嚼茶叶，说了声“苦”，但表情看起来是很享受苦味的样子。

“人呢？”胡心水听到鹤临的声音在屋前那边传来。

矮人也听到了，他拉着豁影的衣角往回走，说道：“快走！主人洗完澡了！”

跑到矮屋旁边时，矮人停下来，仰头对豁影说道：“树上那些人已经失去所有，没救了。但花盆里的姑娘还有希望。你们不是要去落阳城吗？我听村里人说落阳城有特别厉害的皮囊师，曾将各种不同的花草糅合在一起，做出四季都有花开的树。这个人能将皮囊术用于花草上，或许也能救她。如果你们有幸到了落阳城，能不能向他求情，救救她？”

“四季都有花开的树？我也听说过。你说的可是宰相大人？”豁影问道。

“对！宰相！他们说那个人名叫宰相！我明明记得这个名字，可是要说的时候又记不起来了。”矮人这才想起来。但他忘记的事情太多了，把官职当成了名字。

豁影看了胡心水一眼。

他们两人都明白，宰相已经逃离落阳城，成了朝廷要犯。

“好的。如果能顺利到达落阳城，我就去找这个人。”豁影轻声说道。

“谢谢，谢谢！我们这些已经失去皮肉骨的人，记忆也失去了，就说不上痛苦。她的皮肉骨都在，记忆也在，难免痛苦。她才是需要救的人。”矮人诚恳地说道。

胡心水心想，原来这才是他带我们去屋后的原因。

“其实，我来这里之前，也受了一个人的严格控制。”胡心水想起师父曾经不让她出胡林山一步。

矮人惊讶道：“是吗？”

豁影也很惊讶。胡心水从来没有说过遇到他之前的事情。

“是啊。不过后来那个人不再控制我了，给了我自由。”胡心水说道。

矮人说：“那个人一定很爱你。”

“爱？不会的。”胡心水有些慌乱。她见过泡泡和胖子之后，对人世间的爱有了一些认识。

“一个曾经舍不得让你离开的人，最后给你自由，那肯定是爱。”矮人说道。

“怎么会不是呢？”矮人补充道。

“不是的。因为那个人说过，他不喜欢控制和被控制。那个人还说过，人世间的爱就是一种控制。所以，那个人……不可能……”

“那就是超越爱的爱。”矮人说道。

鹤临的声音又响了起来：“人呢？人呢？”

矮人急忙翘首回答道：“在这里！”

鹤临走到了矮屋旁，看到了豁影和胡心水，狐疑地问矮人：“你带着他们去后面了？”

胡心水一惊。难道鹤临都知道?

她瞥了一眼鹤临身后的猴子，心想，莫非刚才的一切都被猴子看到了?

猴子跟在鹤临身后，指手画脚，一副要告状的样子。

矮人弯腰回答道：“是的。我带他们去看看树上和花盆里的人，告诉他们要听从您的话，不然就会变成跟他们一样。”

矮人的回答让胡心水更加惊讶。她原以为矮人混混沌沌，认贼作父，身处畜生道而不自知。现在看来，这位矮人不同于这里的其他矮人。他应该是对自己的处境非常清楚的。因为他不仅想要救花盆里的女人，还能随机应变回答鹤临的话。

鹤临满意地点头，说道：“要是他们都像你一样，我就不用操那么多闲心了！”

胡心水看出，鹤临对这位矮人毫无防备。

鹤临身后的猴子急了，手舞足蹈，似乎要戳穿矮人的谎言，要主人提防这位矮人，但是它说不出话，只发出吱吱的叫声。

鹤临踢了猴子一脚，埋怨道：“还是有意识的傀儡好。有一点又不够多的话，总是喜欢做些莫名其妙的动作，发出莫名其妙的声音。”他看了胡心水一眼，羡慕地说，“要是我师父传给我一个这样的傀儡，那该多好！”

猴子被踢出一丈远，胳膊和身体都分离了。

鹤临一挥手，收紧操控线，猴子的胳膊和身体又连在一起了。

这次猴子不吱吱叫了，变得非常老实。

鹤临见它老实了，又爱惜地将它抱起来，放在肩头。

“烧水的时候，顺便温了一壶酒。你来跟我喝一些吧。”鹤临邀请豁影道。

豁影的确饿了，点头道：“那就叨扰了！”

鹤临的客套让胡心水生疑。明明他们是被捉待宰的猎物，鹤临为什么还要摆出主人做东的姿态？

鹤临领着豁影往大门走的时候，矮人在后面扯了扯胡心水的衣服。

胡心水回过头来。

矮人伸出一个手指摆了摆，以唇语说了一句简短的话。

胡心水看出他说的是“不要喝酒”。

她点点头，赶紧跟上豁影。

进了屋，胡心水看到客厅中央有一张圆桌，桌上摆了十来道菜，琳琅满目。桌边一壶还放在热水盆里的酒散发着醇香。

在热水盆之上，有一个被劈为两半的竹筒，竹筒里源源不断地流出水。热水盆里的水就是从那里流出来的，但热水盆里的水却不见涨起来。

胡心水好奇地走到热水盆旁，看到热水盆里还有一个圆形竹筒，热水与竹筒齐平，热水多一些，就会从竹筒口漏下去，从而保持热水盆不会溢满。

因为走近了，胡心水不但闻到了酒香，还闻到了另一种淡淡的香气。

“这香气好像有两种。”胡心水说道。

她这么说，是想提醒豁影不要喝鹤临的酒。

这时，墙壁后传来哗啦啦的水声。

豁影警觉地看着那面墙壁。

鹤临道：“你的傀儡真的厉害！这酒之所以特别，是因为不但酒香，温酒的水还有体香。贱内在隔壁沐浴，我将沐浴的水引到这里，用来温酒，故而酒香和体香融为一体。饮此酒，醉意朦胧，又如美人在怀，无比惬意！”

胡心水暗暗吃惊，酒还有这样喝的？

鹤临话音刚落，隔壁就传来女人因为舒适而发出的轻叹声。那声音酥酥的、懒懒的。胡心水听了那声音，仿佛目光可以穿过墙壁，看到女人一丝不挂地举起水勺，将热气腾腾的水淋在湿漉漉的头上。热水从她的身上经过，就像河水从起伏的山川流过，抵达她的脚下，然后顺着劈开的竹筒穿过墙壁，流到了这边的热水盆里，将冷清的酒烘暖。

豁影听到那声轻叹后，脸唰地红了。

鹤临看了胡心水一眼，问豁影道：“你这个傀儡能否饮酒？”

胡心水听他这么一问，难免有些心慌。鹤临这么问，应该是怀疑她不是傀儡了。

“主人能饮，我不能饮酒。不过给你们斟酒倒是可以。”胡心水说道。

豁影眼睛里透露出惊讶的神情。看来他对鹤临的酒有几分猜忌，本是不想喝的。被胡心水这么一说，他反而不得不喝了。

这也出乎鹤临的意料。他愣了一下，继而拍手道：“好！”

豁影不解地看了胡心水一眼，只好在鹤临的拉扯下于圆桌旁坐下。

胡心水又道：“既然喝酒，就应该开怀畅饮。对不对？”

鹤临略作思忖，点头道：“当然！”

胡心水道：“既是如此，还请将我主人手上的线解开。”

鹤临迟疑不定。

胡心水道：“难道还怕我们跑了不成？”

鹤临一挥手，说道：“酒是留客的，你们既然肯留下喝酒，我是应该解开。”猴子从他的肩膀上跳下，跑到豁影面前。

豁影弯下腰，猴子将他手上的线解开了。

胡心水心里明白，鹤临之所以请他们喝酒，是想让豁影喝醉。醉了之后，豁影就成了砧板上的肉，任他宰割。等豁影醒来，已经失去了许多皮肉骨，也失去了许多记忆，说不定就如那些矮人一样混混沌沌，成为“家畜”。而她胡心水是豁影的傀儡，豁影走不了了，胡心水也就不在话下。

同时，她知道如果豁影不喝他的酒，他是不会善罢甘休的。

“您且坐着，我来给您斟酒。”胡心水将温水里的酒壶提了起来。

鹤临抚掌大笑：“好！好！好！今夜还先醉，应烦红袖扶！此酒既有美人体香，又有美人体温，还有美人斟酒，那真是再好不过的雅事！”

豁影不高兴道：“她也算美人？”

胡心水知道，豁影是因为她让他饮酒而心怀不快，才故意说话来揶揄她。她才不管别人是不是觉得她美还是不美，她提着酒壶走到鹤临身边，将他面前的酒杯倒满，然后走到豁影身边。

豁影朝她使眼色，她全然假装没有看见，将他面前的酒杯倒满，甚至溢出一些。

鹤临满意地点头，举起酒杯，对豁影说道：“‘人生得意须尽欢，莫使金樽空对月。’来，干了这杯酒！”

豁影无奈，要去拿桌上的酒。

这时，胡心水将那杯酒抢了过来。

豁影一愣，不知道她要干什么。

鹤临也非常意外。

胡心水笑了笑，说道："您说这句话，那我的主人可就不能喝这杯酒了！"

鹤临问道："为何？"

胡心水道："'人生得意须尽欢。'您是金屋藏娇，老夫少妻，自然能得意也能尽欢。我的主人不一样，好不容易从烟花巷的孔明灯上下来，却落进陷阱里，失去自由，既不能得意更无法尽欢。因此，这杯酒他喝不得。不过您都举杯了，我知道世间的人是讲究脸面的，我代我的主人喝这杯酒！"

鹤临无奈，一饮而尽。

胡心水也喝完杯中的酒，然后掩面咳嗽不已。

鹤临哈哈大笑，说道："你酒量不行，就不要逞强。"

胡心水抹了抹嘴角，又将鹤临和豁影的酒杯倒满。她猜到鹤临不会在意跟她喝一杯酒，因为他认为她的酒量不行。

鹤临又举起酒杯，这次他想了想，然后说道："'饮酒莫辞醉，醉多适不愁。'来，小兄弟，我们干了这一杯！"

豁影正要拿酒杯，胡心水又抢先拿了起来，说道："您这话又说错了！”

鹤临一愣，问道：“哪里又错了？”

“您刚才又是得意又是尽欢的，怎么变成愁了？所以，这杯酒您得罚！我可以代我的主人陪你一杯。”胡心水说道。

鹤临摸摸下巴，摇摇头，说道：“好吧，算我说错！喝！”

于是他仰脖喝下。

胡心水的酒杯也见了底。

她将两人的酒杯再次斟满。

胡心水心想道，人还真是讲究脸面。喝酒而已，非得附庸风雅吟什么诗！论起诗词来，师父当年可没有少教我！人间诗词，尽览无余。师父说，妖怪修炼五百年成人，但是许许多多的妖怪并不能做到，往往是花了六百年、七百年、一千年甚至更多。要想在将近五百年的时间里修炼成人，就要尽量提前具备人之智慧与历练。可是没有修炼成人就进入人世间历练，非常容易被人发现，最后不但修炼不成人，连本体都会被杀害。不过幸亏师父发现了一条捷径，那就是人间诗词。人间诗词是人情绪之凝练，是人之世事之通明。多读诗词，便是与那些人一起经历了山高路远，经历了沧海桑田，也便是经历了好几个不同的人生。在五百年的时间里，有将近两百年的时间，她是通过诗词来了解人世间的。

她事先并没有想到以这样的方式来帮豁影喝酒。她之前的计划是在斟酒的时候假装不小心打碎酒壶，但是听到鹤临说什么“应烦红袖扶”，又说什么美人体香、美人体温、美人斟酒的“雅事”，就猜到他会说祝酒词之类的话。于是，她立即改变了计划。

鹤临拿起酒杯，想了许久，然后谨慎地说道：“‘古来贤达士，饮酒不复疑。’小兄弟，莫要再存疑了，来，这杯酒你总得喝吧？”说完，他心虚地看了胡心水一眼。

胡心水微微一笑，再次将豁影的酒杯拿了起来，说道：“您还是说错了。”

“既没有说得意也没有说愁，这哪里错了？”鹤临辩驳道。

胡心水说道：“这一句是没有错，可是您是否知道这一句之前是什么话吗？”

鹤临摇头。

“前一句是‘花落还再开，人老无少期’。因此，说的还是愁。”胡心水说完，自己先饮尽了杯中的酒。

师父以前教她人间诗词的时候说过，酒是一种药，专治人世间的一种病。那种病叫作烦愁。因此人世间有句话叫作“借酒消愁”。

师父还说，可是完整的诗句是“借酒消愁愁更愁”。人在烦愁时以酒为药，以为能够解脱烦恼，却生出更多的烦恼，最后喝到醉了。

她问："师父有喝醉过吗？"

师父点头，说："有，不过是几百年前的事情了。"

她说："我也想试一试醉的滋味。"

师父说："你不会醉。"

她问："为什么我就不会醉呢？"

师父说："你连烦愁都没有，怎么会醉呢？对你来说，酒这种药是没有药效的。"

第三杯酒鹤临没有喝。他愤怒地站了起来，拂袖将酒杯扫落。酒杯着地，应声而碎。

"你到底是人是傀儡还是其他来头？我这酒无论是谁喝，都一杯即倒，失去意识！即使是妖怪，也会立即露出原形来！我预先吃了解酒药，才能勉强几杯不醉！你说你不能饮酒，却已喝了我三杯，仍然面不改色！"鹤临指着胡心水厉声道。

胡心水没有因为鹤临的愤怒而在意，心里却想着他说的"即使是妖怪，也会立即露出原形来"那句话。我不就是妖怪吗？既然喝了他的酒会露出原形，那我为什么没有露出原形？

"呵呵，真有意思！"隔壁沐浴的女人不知何时已经倚门而立。身上披了一件红色长纱，红纱下面的春光若隐若现。她的目光在胡心水身上游移。

胡心水被那女人看得浑身不舒服，仿佛她才是披着红色长纱的那个人。

女人姿态万千地走到胡心水身边，摸了摸胡心水的脸颊，说道：“人不可貌相，没想到你貌不惊人，却有这般本事！上一次遇到喝我的酒而不醉的人，已经是五百多年前了！要不是你这张脸跟她差得太远，我恐怕以为你就是她了！”

豁影惊讶道：“你……你……五百多年前？”

女人邪魅一笑，说道：“怎么了，没见过妖怪？”

豁影道：“你若是妖怪，又怎么需要以皮囊术变得好看？”

女人大笑，笑得弯了腰，好一会儿才缓过来。

“傻小子，谁告诉你妖怪就不会变老？妖怪不过是比人的寿命长很多罢了，说到底也不是无止境的。有小妖怪，也有老妖怪。这位姑娘刚才说得好，‘花落还再开，人老无少期’。我桃花娘已经活了两千多年，如今垂垂老矣，不得不请求皮囊师将我换皮削骨，重回青春。”女人说道。

胡心水恍然大悟，说道：“原以为你们是老夫少妻，如此说来，该是老妻少夫才对！”

桃花娘笑道：“常人说眼见为实，其实世上哪有肉眼能见到的真实？可惜换皮之后，记忆混杂，令我痛苦不堪，只好在此捕捉月牙儿，食之可以安魂定魄。”

“那陷阱是用来捕捉月牙儿的？”豁影惊问道。

鹤临在旁说道：“不，陷阱是为了捕捉那些企图捕捉月牙儿的人的。”

豁影思考片刻，说道：“这里所有的矮人，都是你们这些人捕捉的？捉了这么多人，不怕官府来抓吗？”

桃花娘走到豁影面前，用手指点了一下他的额头，柔声道：“傻小子，我们在这里可是为皇后办事，官府怎么敢干涉？”

“为皇后办事？”豁影两眼瞪圆了。

“你不知道吗？皇后为了获得别人的记忆，夺取了别人的身体。她像我一样，一方面如愿以偿，另一方面如冤魂缠身，备受折磨。这里捕捉的月牙儿，大部分是要送到落阳城，送到宫里去的！”桃花娘说道。

“竟然如此！”豁影气得浑身发抖。

鹤临以为豁影害怕了，得意扬扬道：“害怕了吧？即使你不喝我们的酒，也等不到官府来救你的那一天！”

桃花娘坐在了圆桌上，跷起腿来，露出光滑白皙的大腿。她将胡心水手里的酒壶夺了过来，对着壶嘴畅饮，将壶里剩下的酒喝得一滴不剩，然后说道：“我给你们酒喝，也是为你们好，免去了割去皮肉骨时的痛苦。我有这好心，你们却不领情！等下切割你们的时候，你们再想要酒，我可就没有酒了！”说完，她摇了摇手中的空壶。

桃花娘一松手，酒壶落地而碎。

她身后门口那里突然有一个人跳了出来，双手立掌，互相摩擦，如同磨刀一般。那人看着豁影和胡心水，如同屠夫看着待宰的牛羊。

豁影叫道："不好！快走！"

胡心水急忙往外跑。

在离大门只有一尺远的时候，她的脚忽然不听使唤了，竟然不由自主地往后退。

她都不用往自己的脚下看，就知道此时发生了什么。因为她看到一只脚已经跨出门的豁影也停住了脚步，豁影的身后有无数拉直的红色丝线，仿佛豁影是丝线做成的布娃娃，而布娃娃身上的线被顽皮的小孩子扯了出来。

她能想到，自己的身体也被这样的红色丝线牵制住了。

"想走？没那么容易。"桃花娘懒洋洋地说道。

胡心水回过头来，看到桃花娘的指间缠绕着无数红线，她身上的红纱更加单薄，操控的红线应该是从红纱里面抽出来的。桃花娘就像玩皮影戏的匠人，而她和豁影就如任人操控的皮影。

桃花娘左手舞动。

豁影转过身，一步一步往桃花娘靠近。他表情狰狞抗拒，可是身体却走得非常自然。

桃花娘右手舞动。

胡心水便感觉身体不受控制了，“自觉”地往桃花娘走去。

在桃花娘的操控下，豁影乖乖地爬上圆桌，仰躺下来。

桃花娘对摩擦手掌的人说道：“来吧。想拿走哪里，就拿走哪里！价格嘛，你可要给高一些，毕竟他是操控师，不是一般的人。”

那人一笑，两只眼睛就眯成了一条缝，他揉着手指说道：“要是有操控师想成为四臂傀儡，那这双手的价钱可就高了！其他地方嘛，是不是操控师没有什么区别。”

胡心水看到那人将他自己的手指揉到了一起，仿佛两个手掌是稀泥做的，左手的手指融化在右手的手指里，也可说是右手的手指融化在左手的手指里。

那人松开手，左右手的手指又完好无损。

然后，那人走到圆桌旁，看着豁影，说道：“可能有些疼，我又心软，怕见人家疼，尤其怕人家哭喊。”

胡心水心想，既然是这么善良心软的人，或许不会对豁影下手。

那人说完，一只手往豁影的嘴上摸。手过之处，嘴巴被封上了。这种封闭的方式不是用其他东西缝上嘴巴，而是将嘴唇黏合在了一起。

豁影奋力摇头，抗拒桃花娘的操控。

这一摇头，他的嘴巴就没有完全被封上，留了一小半。

胡心水乍一看豁影的嘴巴，忽然感觉那里本来就应该没有嘴巴的，反倒是留下嘴唇的地方像是被割破的伤口，皮开肉绽，红肉翻了出来。

那人的手快得很，在剩下的一小半上摸了一下，豁影的嘴巴就不见了，鼻子和下巴之间是一块完整的皮。

“这样你就没有办法喊痛了。”那人说道。

胡心水这才明白，原来那人是这种“善良心软”之人。

接着，那人右手立掌，中指的指尖对着豁影的胸膛。

“你要干什么？！”胡心水看得心惊肉跳！

“取点东西而已。”那人侧头对胡心水说道。

胡心水想要上前制止，可是桃花娘操控着她，让她无法动弹。

那人立掌往下一戳，五个手指从豁影的胸口戳入身体……

豁影顿时痛得大叫，可是声音在嘴里出不来，只发出“嗯嗯嗯”的闷声。他脸上青筋凸起，眼眶泛红，身体左右翻腾，想要摆脱，可是在红线的牵制下显得那么无力。

他就如一条被按在砧板上的鱼。

第六章
桃花娘

那人的手指在豁影的胸膛里摸索，仿佛寻找一个遗失在他体内的东西。

“嗯……他的骨头不错。刚好皇后娘娘需要一根骨针，我就从这里取一根肋骨，拿去进贡给皇后娘娘。”一面说着，那人一面从豁影胸口掏出一根白色的骨头来。那骨头干干净净，没有一点儿血迹。那人的手也干干净净，没有一点儿血迹。只有豁影的衣服留下了一个破洞，破洞之下的皮肤完好无损。

鹤临不由赞叹：“你真是技艺高超的皮囊师！取人骨头而不沾一丝血！”

豁影表面看起来毫发无伤，但无法动弹的他疼得浑身痉挛，嘴唇变紫，脸色变青。豆大的汗珠从他的脸上渗出，身上的衣服也湿透了，仿佛刚刚淋了一场雨。

“皇后娘娘要骨针干什么？”桃花娘问道。

那人将骨头举起来，放在眼前细细地看，以食指轻轻摩挲，说道：“皇后娘娘绣了一个美人给皇上，皇上说不好看，不像此前另一位女人绣得那样栩栩如生。皇后娘娘问身边懂女红的宫女，如何能将美人绣得栩栩如生。居然有人说，应该以骨针将美女之皮绣在丝绸上。美女之皮嘛，对皇后来说不是难事。难的是这骨针，必须是处男之骨，且是操控师之骨。处男之骨，阳刚之气未泄。操控师之骨，韧性强于常人。这样的骨针才能使美女之皮服服帖帖地缝在丝绸之上，一如男女交合，如胶似漆。”

“既然是进贡给皇后娘娘，你拿去便是。”鹤临甩手道。

鹤临已经将豁影当作自己家的“家畜”了。

那人说道：“那就多谢了，我不会亏待你们的。我要连夜将这骨头送到宫里去，免得放久了腐坏。这个人你们暂且养着，我去宫里后，问问其他买家，有没有别的需要。等我领了定金，再来取他身上可以卖钱的皮肉骨。”

“放心。得了钱，我也少不了给你好处！”鹤临道。

那人拿了豁影的骨头要走，桃花娘一个扭身，绕到那人跟前，眨了眨眼，说道：“急什么，不在乎这一时半会儿的。这个姑娘挺有意思，你不摸摸她的骨头看看？说不定能发现更值钱的东西呢！”

那人将目光转移到胡心水的身上，将她上上下下打量。

胡心水感觉那人的目光比刀刃还要锋利，吓得要往后退，可是她被桃花娘的红色丝线操控，无法后退。

桃花娘舞动手指，操控胡心水往前迈了一步，仿佛胡心水自己愿意将身体敞开，任由那人取走任何部位。

此时胡心水觉得自己就像是烟花巷里被老婆子操控的那些姑娘，心生羞耻之感。这时她忽然觉得烟花巷的存在可能还有一种原因，那就是为了更好地控制那些不情愿卖身的姑娘！外人都说那是为了将容貌和技艺结合，但是倘若有无辜而又不情愿的姑娘到了那里，恐怕也永远无法摆脱了。

那人走到胡心水近前，看了看她的左半边脸，又看了看她的右半边脸，叹了一声，说道："别的都好，唯独这张脸……要是卖到烟花巷那种地方去，还得先给她换张脸。可是换脸的话，还得给她寻张新的好看的脸来。与其这样，还不如直接捉个有好看的脸的姑娘。你说是不是？"

胡心水暗暗吃惊。原来自己的预感是正确的！

鹤临说道："你说的是。但我好多天没有捕到可以卖的人了，好不容易今天捉了两个。拜托你在外面问问，好卖贱卖都可以。"

那人道："好。要是卖不上好价钱，就转手给初学操控术的人练手用吧。"

鹤临道：“这个傀儡可不一般……”

那人不耐烦地打断他，说道：“哪个卖东西的说自己的东西不好？行了，行了，卖了换点钱就行了，留在这里还要吃你一口饭。”

鹤临道：“好吧，好吧。”

那人走后，桃花娘操控豁影和胡心水走到后面的房间。房间里烟雾缭绕，但是能看到挨着墙壁有好几张床，床上都挂了圆形的红纱帐。

在桃花娘的操控下，豁影走到其中一张床上，盘腿坐下。

鹤临走了过去，用一把剪刀将桃花娘操控豁影的红线剪断。桃花娘将剪断的红线打了一个结，挂在红纱帐中的一个铜钩上。

在红线剪断的一瞬间，豁影手足挥舞，似乎要挣脱操控。可是桃花娘的手飞快打结，豁影来不及挣脱，就在红线打结之后安静下来，垂头闭目，如入了定的僧人。

“豁影！”胡心水紧张地喊他。

“他不会死的，你放心好了。”桃花娘亲昵地对胡心水说道。

“毕竟能卖些钱！”鹤临说道。

桃花娘侧身斜了鹤临一眼，翘起指头戳了一下鹤临的额头，娇声责备道：“讨厌！本来有些事情可以说得漂亮一点，你非得捅破。你这人什么都好，就这一点不好——

不懂浪漫。”

胡心水起了一身鸡皮疙瘩。

鹤临嘿嘿地笑。

接着，桃花娘操控胡心水走到床边，在床上躺下。同样，她在鹤临剪断红线的瞬间快速打了个结，挂在铜钩上。

“别急，慢慢打结。”胡心水自知反抗没有什么用，便安安静静地躺着，等她打好结。

可能是这样配合的态度让桃花娘对她心生好感，桃花娘挂好红线结之后，在床头坐了下来，摸了摸胡心水的脸颊，说道：“你一定很爱这个小伙子吧？居然愿意跟他一起坐孔明灯，陪他去落阳城？”

胡心水想摇头，可是脖子动不了。她只好僵硬着脖子说道：“不，我们只是顺路而已。我师父说过，爱是一种控制。师父要我小心这种东西。”

胡心水从不轻易提到师父，之所以在此时提到师父，是因为想让桃花娘知道，她并不是孤立无援的，她还有一个师父。这样的话，或许桃花娘会有些忌讳，怕她的师父找来，不敢轻易处置她。

另外，她听桃花娘说五百年前有人喝过桃花娘的酒且不醉。她猜测那个人或许是师父。知道为何喝不醉的人，或许自己就是喝不醉的人。

果然，桃花娘惊讶地问道：“你还有师父？”

“是的。师父让我去落阳城看五百年难得一见的烟花。”胡心水有意将“五百年”说得很重。她要向桃花娘表明，她的师父修为已经超过五百年。

“五百年难得一见？看来你师父修为不浅，敢问尊师大名？”桃花娘问道。

“师父的名字？”胡心水被问住了。

她从不知道师父的名字叫什么。在她的心里，“师父”二字便如名字一般。她甚至从没有想过师父会有名字这回事。师父就是师父。就像月亮就叫作月亮。

“对啊，说不定我见过你师父。五百年前，落阳城也有过一次绚烂烟花。曾有一个人在去落阳城看烟花的路上遇到了我，喝了我的酒。那个人……不会就是你师父吧？”

“可是我不知道我师父的名字。”胡心水说道。

“怎么可能？你连你师父的名字都不知道？”桃花娘皱起眉头。

胡心水想看看窗外，可是脖子动不了，于是问桃花娘：“现在外面的月亮出来了吧？”算算时间，应该是月上树梢的时候了。

桃花娘往窗外看了看，说道：“是出来了。我问你师父的名字，你问我月亮干什么？”

胡心水道：“那我问你，月亮的名字叫什么？”

桃花娘哑然失笑。

旁边的鹤临不耐烦道："月亮当然就叫作月亮！"

胡心水道："对啊。对我来说，师父就叫作师父。"

"虚张声势！你别以为你说你有个五百多年的师父，我们就会对你手下留情！"鹤临凶狠地说道。

桃花娘对鹤临翻了一个白眼，斥道："你懂什么？"

然后，桃花娘转头对胡心水说道："我相信你。如果是假的，就说不出这么浪漫的话来！'月亮就叫作月亮'！天哪！我简直想不到用什么话来反驳你！"

胡心水问道："那……你知道那个人的名字吗？"

桃花娘笑道："傻姑娘，就算我告诉你那个人的名字，可是你不知道你师父的名字，又怎么能确定那个人是不是你师父呢？"说完，她站了起来，走到了窗边，微微抬头，望着外面。

胡心水看到微弱的月光落在桃花娘的脸上。

过了半晌，桃花娘忽然幽幽地说出一句话来："小姑娘，我问问你，你说是月光好呢，还是烛光好？"

胡心水想了想，说道："月光好吧！"

"月光是好，可是凉呀，又离你我太远。"桃花娘说完，轻叹了一声。

胡心水改口道："那就是烛光好。烛光温暖，又在身边。"

桃花娘勉强一笑，说道："是啊，可又总觉得不如月光好。”

胡心水不知道该怎么说了。在她看来，烛火和月光都好。

桃花娘似乎心情突然变得不好了，说道：“你且躺着吧，好好休息。等明天若是有买家来看，显得精神好些。”

鹤临凑了过来，对胡心水说道：“你就别指望那个你不知道名字的师父了！等削了你的皮，切了你的骨，剔了你的肉，你就忘记你有师父这回事了，你师父见了你也认不出来。”

“不！我不会忘记的！师父也不会认不出我！”胡心水喊道。

鹤临撇嘴，然后说道：“每个被抓到这里的人都这么说，现在他们都服服帖帖的，把我当作他们的主人。”

鹤临和桃花娘出去了，门被关上。

胡心水想抬起头来看看豁影，但怎么使劲都没有用。她只好躺着喊道：“豁影！豁影！”

豁影没有任何回应。

不一会儿，隔壁传来桃花娘娇喘的声音，以及鹤临粗重的气息声。

胡心水顿时感觉脸上变得发烫。她想要捂住耳朵，可是双手不受她的控制。

忽然桃花娘“啊”地大叫了一声。

胡心水听到鹤临问：“怎么了？”

桃花娘惊慌道：“有老鼠！老鼠刚才从这里跑过去了！”

鹤临抱怨道：“你也有几百年的修为了，怎么还怕老鼠？”

“容颜易改，本性难移。我就怕这个！”桃花娘说道。

“什么老鼠，明明是只刺猬！你看，它还在这里！”鹤临说道。

“哇，好可爱的刺猬！”桃花娘欣喜道。

胡心水听到“咚”的一声响，接着听到桃花娘不满的声音：“你拿鞋子扔它干什么？它那么小一只，你有没有一点儿良心？”

胡心水觉得好笑。这个桃花娘能把人的皮肉骨卖掉，却在一只小刺猬面前讲良心！

“它不是吓到你了吗？”鹤临说道。

“我以为是老鼠才吓到的。你又不是不知道，我是桃木傀儡修炼成人身的，以前最怕老鼠磨牙。”桃花娘说道。

胡心水恍然大悟。难怪她叫桃花娘！

师父说过，桃花是可以用来酿酒的，酿出的酒叫作桃花酿。

莫非这是她擅长酿酒的原因？胡心水暗自猜测。

想到这里，胡心水心里咯噔一下，她忽然记起师父跟她提过一件往事。

师父说，曾经经过一棵桃花树，闻到了桃花香，于是，师父采了桃花酿了酒。谁知第二次经过那棵桃花树的时候，师父发现桃花树枯萎了。师父于心不忍，将桃花树砍了，做了一个傀儡，使得傀儡开启灵智，让它重新有了生命力。

她就是师父做成的桃木傀儡！胡心水大喜。

“桃花娘！桃花娘！”胡心水大喊起来，要将这件事说给桃花娘听。

不一会儿，关押她的房门开了。进来的是鹤临。

鹤临满脸不快地站在胡心水的床边，问道：“为什么你要和那只刺猬一样打扰我的兴致？”

胡心水道：“桃花娘呢？我要跟她说话！”

“你还要说你有个师父，对不对？”鹤临歪嘴笑道。

“对！我正要说这个事！”

“我就知道你要说这个事。”鹤临点点头，伸手去取挂在铜钩上的红线。

胡心水非常高兴，以为鹤临这就要领着她去见桃花娘。

鹤临打开了结。

胡心水坐了起来。

这时，一只刺猬从打开的门那里跑了进来。胡心水瞥了一眼，欣喜若狂。

“兔子！”她大声喊道。

鹤临从红线中抽出两根，按在了她的两边嘴角。不等她反应过来，鹤临猛地将她推倒，然后迅速将红线打结，重新挂在铜钩上。

“我看你是疯了！连刺猬都认不出来！”鹤临既可怜又可笑地看着她说道。

胡心水想辩解，可是嘴巴再怎么用力也张不开。红线像控制她的身体一样控制了她的嘴。她只能发出“嗯嗯嗯”的声音。

衣衫不整的桃花娘跨门进来，弯腰捧住地上蜷缩成一团的刺猬，走到鹤临面前，眼神里充满爱怜地说道：“你看看你，你吓着它了！”

要不是知道她的底细，胡心水看到这一幕几乎要认为桃花娘是个无比善良的女人。

鹤临赔笑道：“抱歉抱歉，是我太粗鲁。”

桃花娘看了一眼躺着的胡心水，问鹤临道：“她怎么了？”

胡心水立即“嗯嗯嗯”地叫唤。

鹤临拉着桃花娘往外走，一边走一边说道：“她还想吓我，说她有个师父，师父会来找她。我就把她的嘴给封住了。”

“真应该灌她一壶酒的。”桃花娘说道。

说完，她捧着刺猬出去了。

在出门的时候，刺猬从她手掌中爬了起来，朝胡心水的方向看了看。

胡心水听到桃花娘在门外说："明天我要去落阳城。过些时候才回来。其间如果有买主看中了那个傻姑娘，只要给钱，你便卖了就是。早些卖了，早些省心。"

鹤临连声说是。

第二天早上，胡心水听到窗外有鸟叫声才醒来。

"师父……"胡心水心里喊了一声，嘴巴却没有发出声音。

她以为自己还在胡林山，以为睡在自己的房间里。"师父"这一声没有喊出来，她才想起自己的嘴巴被红线牵制住了，才想起自己已经离开胡林山好些天了，才想起师父并不在这里。

她还想起师父说过的桃木傀儡，想起桃花娘说她是两千多年的老了的妖怪。

她心中一惊，后知后觉地发现师父说的话和桃花娘说的话有一处对不上。师父说桃木傀儡是五百多年前由一棵桃花树做成的。可是桃花娘说她已经两千多岁了。如果桃花娘就是师父亲手做的桃木傀儡的话，她应该自称五百多岁才是。

师父不可能说谎，桃花娘也没有必要在年龄上骗她。那么，这其中出了什么问题？

胡心水想来想去，想不明白。

我是不是也是师父做的一个傀儡？胡心水忍不住胡思乱想。

她想抬起手来看看手腕处的红点，可惜手也抬不起来。

这时候，胡心水听到唰唰的雨点打在树叶上的声音。这阵雨来得非常突然，没有一点预兆，之前天色没有暗一些，更没有电闪和雷鸣，仿佛有人突然撒豆子。

鹤临打开门走了进来，在胡心水的床边站住。

胡心水看到鹤临身上有些地方是干燥的，有些地方打湿了，知道他从雨里来，刚解下蓑衣、斗笠。

她感觉鹤临看她的眼神与昨天不太一样。她忍不住有些心慌。

果不其然，鹤临说道："有几个操控术初学者想要买练手的傀儡，我带你去见见他们。运气好的话，会有一个人出钱买下你。"

鹤临将打了结的红线从铜钩上取下，操控着红线，迫使胡心水坐了起来。

胡心水看到豁影仍然盘坐在那里，如庙里的一尊菩萨。

在阅读人间诗词的时候，她曾问过师父，菩萨到底是什么，世间人为什么要拜。

师父说，那是跪拜的人未来的自己。

"走吧。"鹤临虽然操控着她，但还是说了这么一句话。

然后，鹤临操控着她从豁影旁边走过，跨门而出。

到了客厅，胡心水浑身一凉！她看到昨晚喝酒的圆桌上多了一个圆形的鸟笼子。鸟笼子里面关着一只刺猬。那只刺猬正是她的兔子！这应该是桃花娘临走之前找不到合适的东西关住刺猬，便用鸟笼子顶替的。

“嗯嗯！”胡心水努力发出声音，可仍然是徒劳。

鹤临看出她是对鸟笼子里的刺猬发出声音，笑道：“你也对这种小生灵感兴趣吗？我娘子也喜欢得不得了。”

胡心水无法走到鸟笼子边去，径直走出了大门。

鹤临披上蓑衣，戴上斗笠，领着胡心水往村外走去。胡心水被雨水淋得湿透。

走到来时遇到“骑马”的人所在的位置，鹤临便让胡心水停了下来。

这里已经搭好了一个草台，草台上站着一排人，个个站得笔直，仿佛无惧风雨的稻草人。草台周围有许多人交头接耳，对草台上的人品头论足。他们都像鹤临一样穿着蓑衣，戴着斗笠。

鹤临干咳了一声，大声道：“我这里有个上等的傀儡！她已有自己的意识！最适合刚入门的操控师用来练手，提高技艺！”

马上有人打断了他：“刚入门的操控师怎么能用上等的傀儡？不应该从最简单的傀儡开始吗？”

鹤临朝那人道：“骑就骑最烈的马！喝就喝最烈的酒！”

戴斗笠的众人议论纷纷，对刚入门的操控师是该用上等的傀儡还是下等的傀儡发表不同的见解。

一人从众人之中走了出来，绕着胡心水走了一圈，然后说道：“不骑一骑，怎知是烈马？不尝一尝，怎知是烈酒？”

那人面对胡心水的时候斗笠拉得很低，她看不到那人的脸，可是她莫名地对面前这个人有种熟悉的感觉。

鹤临问那人：“你要试一试？”

那人点头。

雨水打在那人的斗笠上，起了一层薄薄的像烟一样的水雾，乍一看带有一阵仙气。斗笠两侧垂下两条黑色的细长的布带，布带随风飘舞。

鹤临犹豫片刻，伸手要将手里的红线交给那人。

那人摆摆手，说道：“不用。我有自己的操控方法。”

鹤临警惕道：“你不是初学者？”

那人说道：“那要看跟什么人比了。山外有山，人外有人。以为自己是操控高手，可能某一天却发现自己连门都没有摸到，连入门都不算。”

“那我倒要看看你用什么方法操控她！”鹤临忽然感兴趣了。

其他人也顿时变得兴致勃勃。

那人说道：“你知道什么叫作牵一发而动全身吗？”

鹤临摇摇头。

“也是。如果你懂的话，就不会用这么多线操控她了。”那人抬手扶了一下斗笠边檐。

众人皆惊。

因为那人扶斗笠的手居然只有骨头，没有肉！刚才他垂手而立的时候，长而宽的袖子遮住了手，故而没人发现。

“起死派！”有人识出那人的操控术，不禁惊叫道。

“原来你只是一个傀儡！”鹤临惊讶道。

胡心水心想，要是此时豁影在身边就好了，可以问问他“起死派”到底是什么来头。

那人放下了手，笑了一声，说道：“傀儡又如何？你既是生意人，便只管买卖，只要价格合理，难道还要管卖给谁不成？”

“你的操控师在哪里？”鹤临往人群里看，可是个个头戴斗笠，身披蓑衣，着实难看清其他人是什么人，也难看到谁有操控的动作。

“你到底卖还是不卖？卖的话，就让我看一看。不卖的话……”后面的话那人咽了回去。但是那人将只有骨头没有皮肉的手朝鹤临伸了过来，作讨要状。意思明了，你卖也得卖，不卖也得卖。

鹤临有些畏惧了，说道：“你要试，试就是了。”他放开了手中的红线。

胡心水得以稍稍低头，看到那只骷髅手的食指上系了一根红绳。红绳在食指上绕了许多圈，还垂下很长一段，长到落在了湿润的地面，溅了一些泥。

那人走到胡心水面前，说道：“把你的手腕露出来。”

胡心水知道面前的人是要操控她，要买她，却仍然乖乖地伸出了手，将手掌向上，提了提衣袖，露出手腕，也露出了那个红点。

那人从地上捡起溅了泥的红绳，捋掉上面的泥，找到绳头，按在胡心水的红点处。

“本想还你自由身，奈何仍要操控你。”那人叹息道。

胡心水心中一惊。

鹤临在旁看到了，惊恐道：“原来……原来你是起死派的傀儡……”

胡心水听到鹤临的话，更为惊讶。我是起死派的傀儡？我真的是傀儡？莫非我跟桃花娘一样是由傀儡变成现在这样的？

她正要问那人，那人食指一勾，她便不由自主地做出各种动作，想说话却说不出来。

周围的人看着胡心水，目瞪口呆。

胡心水看着他们惊呆的样子，也觉得奇怪。

不一会儿，众人鼓掌叫好。

胡心水这才反应过来，原来自己在那人的操控下跳了一段舞。

“天哪！这不是已经失传了的指随舞吗？只有技艺极高的操控师和灵性极高的傀儡才能练成此舞！”鹤临连连摇头，不相信自己目睹了刚才的一幕。

“对对对！这就是指随舞！我虽没有见过真人与傀儡跳过，但在一些记录操控术的古籍上看到过图画！”有一人说道。

胡心水心中暗想，指随舞是什么舞？如此说来，我真的是由傀儡变化而来？

正这样想着，她又听到一人说道：“看来这位姑娘真是上等的傀儡！”

胡心水既高兴又不高兴。高兴的是终于知道自己的原形，不高兴的是自己的原形居然是跟桃花娘一样的傀儡！

刚才说在古籍上见过指随舞的人又说道：“那可不一定！此舞确实只有技艺高超的操控师和上等的傀儡才能练成。但是这位起死派的兄弟大家也见了，他也是傀儡。他与这位姑娘配合此舞，谁是操控师，谁是傀儡还不一定！说不定……”他看了一眼胡心水，继续说道，“说不定这位姑娘才是技艺极高的操控师，这位起死派的傀儡才是配合者。”

“难道指随舞的舞者是操控师不成？”鹤临问道。

那人笑道：“最高境界的操控师，已分不清自己是操控者还是被操控者。你中有我，我中有你，浑然一体，物我两忘，这才能达成最好的默契，使出最好的操控术。我看的记载中说，这指随舞既可以是傀儡起舞，也可以是操控师起舞，或者两者一起，并无定式。”

胡心水暗暗觉得这些话是说给她听的。

莫非我的原形也是一位技艺高超的操控师？既是操控师，为什么我的手腕上有被操控的痕迹呢？可我明明不知道该如何操控别人或者傀儡啊！

鹤临皱眉头，不知那人说的是真是假，摆手道：“好吧，不管指随舞是操控师起舞还是傀儡起舞，我都不感兴趣。我感兴趣的是，起死派的这位兄弟，你能出多少钱买她？”

起死派的那人又扶了一下斗笠，却没有回答。

围观的众人中有一人回应道：“我愿意出三十两银子。”

胡心水朝那人看去，那人浓眉大眼，嘴唇肥厚。他伸出了三个手指示意。

“我愿意出五十两！”又有一人发出声音。

“我加一倍！一百两！”还有一人喊道。

鹤临脸上露出满意的笑容。

胡心水知道，鹤临原本是给钱就卖的，经过刚才起死派的那位傀儡让她跳了一段失传的舞之后，人人眼红，鹤临见势抬价。

鹤临转而嬉笑地问起死派的那位傀儡：“这位兄弟，你看你能出多少……”

傀儡将斗笠拉得更低，然后在腰间摸索。

鹤临满怀期待。

结果，傀儡从腰间摸出了七枚铜钱，摊在骨掌上。

鹤临难以置信地问道：“七文钱？”

傀儡点头。雨水比刚才大了一些，他斗笠上的烟雾重了一些。

“哈，有人都出到一百两了，你才出七文钱？”鹤临连连摇头。

傀儡掂了掂骨掌上的铜钱，铜钱相撞，叮当作响。他说道：“有钱能使鬼推磨。钱也是操控术的一种。我这七枚铜钱，可不是他们一百枚铜钱比得了的！”

“你这铜钱跟别人的铜钱有什么不一样？”鹤临嫌弃地瞥了那七枚铜钱一眼。

“我刚才说过了，我这铜钱能使鬼推磨。你卖不卖？”傀儡说道。

“你这铜钱能使鬼推磨，别人的铜钱也能使鬼推磨。”鹤临说道。

傀儡将七枚铜钱往上一抛，铜钱飞了起来，发出“嗡嗡”

的声音，如同七只飞起来的黄蜂。傀儡抬起手来，以拇指扣住中指，然后对着其中三枚铜钱依次弹了一下，并说道：“三十！五十！一百！”被弹到的铜钱分别飞向刚才出价的人。

眼红出价的人躲避不及，纷纷被命中。铜钱贴在他们的额头上，如同额头上长了第三只眼睛。被命中的人僵住了，一动不动，连眼皮都不眨一下。

“你你你……做什么？”鹤临着急不已。

傀儡道：“我刚才说了，钱也是操控术的一种。”

“你……”鹤临指着傀儡，却不敢说出狠话。这个傀儡的操控术已经出神入化，鹤临自知不是他的对手。

傀儡淡然道：“现在出价比我高的，都不会出钱了。我这里还剩四文钱……”

那四枚铜钱仍然悬浮在半空中，仍然嗡嗡作响，仿佛蓄势待发的黄蜂，随时准备蜇人。雨水落在铜钱上，也起了一层水雾，跟他斗笠上的一样。

傀儡侧头，仍然以斗笠遮面。但胡心水感觉到他看了一圈在场的所有人。

“还有比四文钱多的吗？”傀儡压低了声音，却让人听得更加清晰。

在场的其他人也似乎感应到他的目光扫到了自己，都默不作声，不敢再出价。

见没有人说话，傀儡转回头，对鹤临说道："我刚才说了，我这铜钱能使鬼推磨。这七枚铜钱，都叫作招鬼钱。人为财死，鸟为食亡。这些铜钱是我从世间无数钱币中挑选出来的，它们是世间人为之丧命最多的钱。其中怨念无数，却又让人之魂魄弃之不舍。将它贴于人之两眼之间，即可令其魂魄离体，依附其上。从而使得人身如行尸走肉。揭下即可恢复自由。"

说完，傀儡反掌，一枚铜钱从别人的额头上飞了回来，落在他的两指之间，被他夹住。

那人一副大梦初醒的样子，茫然地看着傀儡和胡心水。

鹤临谄笑道："原来这铜钱还有如此诡异的能力！我真是有眼不识泰山！卖！卖！卖！别人出再高的价钱，我也卖给你！做生意嘛，讲究的就是'诚信'二字！既然是你先看中的，那就非你莫属！"

傀儡将七枚铜钱都收到了手中，拍在鹤临的手里。

胡心水抓住了鹤临的手，说道："不行。"

鹤临难以置信地看着胡心水，问道："姑娘，你还想干什么？"

胡心水对傀儡说道："我还有一个朋友困在这里。你若是想救我，就请将我的朋友一起救走。我不能留他一个人在这里。不然的话，我宁愿留在这里，跟他一起再寻出路。"

鹤临看着傀儡，等待他的回应。

傀儡沉默片刻，问道：“你有朋友了？”

胡心水点头：“是的。”

“可我没有打算救其他人。除了你之外，我对其他人不感兴趣。人各有命，我管不了那么多。不如让你的朋友自生自灭吧。”傀儡说道。

“不行，他还有很多事情要做。我不能让他一个人困在这里。”胡心水说道。

鹤临欣喜道：“那个人可珍贵了！价钱远在这个人之上！你若是有兴趣，我们可以讨论讨论价格！”

傀儡说道：“人哪有贵贱？在谁的心里值多少，便是多少。”他从腰间又摸出一枚铜钱，想了想，竟然用两只仅有骨头的手硬生生地将铜钱掰为两半！

然后，他将一半铜钱塞回腰间，另一半铜钱放在骨掌心，伸向鹤临，说道：“给。”

鹤临为难地看着那半枚铜钱，说道：“怎么……就加半文钱？”

傀儡回答道：“因为那个人在我这里一文不值。”

鹤临脸上的表情由为难变为愤怒。他嘴角抽搐道：“你也欺人太甚了！我一再忍让你，你却咄咄逼人！别以为你是起死派的傀儡，我就会怕你！我告诉你，我们在这里做生意可是有宫里人撑腰的！”

鹤临话音刚落，戴斗笠的众人中居然有几个将斗笠摘下，露出镶着金边的头巾。那几人丢了斗笠，从裤腿中抽出隐藏的弯刀，刀身雪白，仿佛上面落了一层雪。

“雪花刀？果然是皇后娘娘的人！”傀儡侧头说道。

原来这些前来买傀儡的人中早就混入了皇后娘娘的人，这些人一直在暗中观察监视其他人。

鹤临得意道：“这雪花刀，专门为杀操控师而打造。毛发放在刀刃上，吹之即断。因此刀刃可轻易切断操控线，即使是雷家的雪蚕丝也不在话下！我劝你乖乖离开，我就当什么都没有发生过。”

傀儡道：“雪花刀我倒是见过很多次，也见过许许多多操控师丧命在雪花刀之下。可是我对雪花刀仍有怀疑。毕竟世上不是只有雪蚕丝是最坚韧的操控之物。”

鹤临哼笑一声，将下巴一抬。

一人将手中的雪花刀抛出，雪花刀飞速旋转，如同一轮明月，从傀儡与胡心水之间相连的红线经过，红线断为两截。

雪花刀切断红线之后原路回旋，回到那人手中。

傀儡大叫一声，居然连连后退几步，单膝跪在地上，似乎刚才雪花刀不是切在红线上，而是切在他身上，使他痛得无法站立。

铜钱如落叶一般掉落在泥水里。

胡心水在红线断掉的瞬间也为之心悸，一阵莫名的恐惧袭来。

接着，所有的雪花刀从四面八方旋转着向傀儡飞去。雪花刀撞击空中的雨滴，雨滴即被击碎。碎掉的雨滴飞溅到旁边的人脸上，被溅到的人捂脸叫痛。

“快走！”胡心水大喊。但她知道已经来不及了。

雪花刀已经将傀儡所有能逃的退路封死。

傀儡蹬地一跃，想要从包围中跳出来。可是一把雪花刀已经将他的双腿切断了。

接着，其他雪花刀击中了他身上各个部位。

胡心水听到树枝断裂的声音。她在胡林山的时候，曾有一次大雪降临，山里的树都被压得弯了，那是她见过的最大的一场雪。在树丛中经过的时候，她听到不堪重负的树枝发出咔咔的断裂的声音。

胡心水吓得捂住了眼睛，却将指缝张开。她害怕看到预料中的一幕，可又期待看到奇迹发生。

地上先是落下了一截一截的白骨，如同荒野里暴露的尸骨，接着是衣服和蓑衣的碎片落了下来。居然最后才是斗笠掉落下来。

斗笠完好，且恰巧盖在破碎的骨头和衣服上。仿佛他这时候还要用斗笠遮挡颜面。

此时胡心水听到空气中有嗡嗡嗡的声音。待她循声看去时，声音突然止住了。

她看到傀儡手中那半枚铜钱落在了斗笠上。

胡心水心中一凉。

“厉害！厉害！果然厉害！总算是见识到雪花刀的厉害了！”一人鼓掌大笑。

众人向那人看去，只见那人只有常人一半高，胖胖乎乎，满面红光，既没有戴斗笠，也没有穿蓑衣。

“原来是你操控的！你就是这位姑娘的师父吧？”鹤临怒视道。

雪花刀切碎傀儡之后早已回到那些人手中。其中一人说道：“难怪刚才我没有看到他，原来是矮了半截，躲在人群里看不到。”

手握雪花刀的另一人讥笑道：“这种隐藏的方式虽然可笑，却还奏效！”

那人仍在鼓掌，从容地踱步到前面来，说道：“可不可笑没有关系，重要是奏效！你们这种做买卖皮肉骨生意的，岂止可笑，简直可恨！”

这一句话戳在了鹤临的痛点上，鹤临怒不可遏道：“没了傀儡的操控师，就是拔了牙的老虎！连狗都不如！给我杀了他！”

一把雪花刀应声而出，直飞那人。

“当——”

胡心水感觉声音刺耳。

其他人也忍不住捂住耳朵。

雪花刀飞到那人近前时忽然撞上了另一把雪花刀。两把雪花刀都落在了地上，仍然在泥浆里旋转，溅起许多泥水，如同两条在浅水里拼命冲撞、试图回到河海里的大鱼。

刚才抛出雪花刀的人跃身追了过去，一脚踩住雪花刀，这才使得泥水不再飞溅。

“谁？”那人踩着雪花刀，厉声问道。

另一位手持雪花刀的人喃喃自语道：“莫非是自己人？”

这时，胡心水看到桃花娘打着一把桃红色的雨伞从不远处走了过来。

“有朋自远方来，不亦乐乎？何必打打杀杀的。”桃花娘面如桃花，娇声说道。

“你不是走了吗？”鹤临见桃花娘出现，惊讶不已。

桃花娘在鹤临身边停下，拍了拍他肩头的泥点，笑道：“如果有个五百多年没有见过的朋友来叙叙旧，你说我能走吗？”

“他是你的朋友？”鹤临看了看那个胖乎乎的人，狐疑地问道。

桃花娘道：“当然不是。”

“既然不是，你为什么要救他？”鹤临更不明白了。

桃花娘轻轻撞了一下鹤临的胸膛，娇滴滴道：“我的傻相公呀，要是我不救他，你就错把自己的生意伙伴给杀啦！他受了我朋友的控制，这你都看不出来吗？他是谁？他是烟熏谷的山掌柜，是倒卖矮人的大金主。”

“原来是他？以前只听过人名，没见过真人。”鹤临再朝那人看去时，那人在雨中打着寒战，左看右看，一副不知身在何处的样子。

胡心水看到山掌柜脚下的泥水里有一根红线如细蛇一般游走了。那根红线跟刚才连接在她身上的一样。

其他人似乎没有注意到山掌柜脚下的红线。

“我的斗笠呢？我的蓑衣呢？”山掌柜问道，随即打了一个喷嚏。

桃花娘招呼一位手持雪花刀的人：“快领山掌柜去更衣暖和！”

那人领命，带着哆哆嗦嗦的山掌柜走了。

“你的朋友在哪里？”鹤临问桃花娘。

桃花娘看了看其他人，说道：“他是这里的所有人。”

“所……所有人？”鹤临难以置信。

“他的操控术出神入化。就像刚才操控山掌柜一样，他能操控这里的所有人。因此，任何一个人出来回答，都可能是他操控的，而不是他的真身。”桃花娘嘴上这么说，眼睛仍往人群里看，试图搜索出一些线索。

“那……你也有可能是吗？”鹤临忽然对眼前的桃花娘警惕起来。

桃花娘被鹤临紧张的样子逗得大笑起来。

“哈哈哈，哈哈哈，我当然可能！我本是修炼了一千五百多年的桃花树，却一直得不了人身，无法突破。五百多年前，他砍了我，做成傀儡！我才忽然得了人身，修炼得以迅速大成！他要操控我，随时都可以！可他偏偏不操控我！所以我又最不可能！”桃花娘笑出了眼泪。

胡心水心中的疑惑顿时化解了。原来桃花娘两千多岁是这样算来的！那么，师父是真的来救我了？

刚才被傀儡操控跳指随舞的时候，她心中尚不完全确定，此时得知来者就是师父，欣喜万分。她想要唤一声“师父”，却不敢唤出声来，怕师父答应了会暴露位置。

一位戴着斗笠的人回答桃花娘道：“当初你已有一千五百多年的修为，故意散发浓郁的桃花香诱我酿了桃花酒，导致你精元耗尽，几乎变成枯木。我心中有愧，才将你做成桃木傀儡，助你获得人身。我本就不是为了操控你而来。”

胡心水知道，那个回答的人不是师父，只是师父操控他代为回答。

桃花娘抹了抹与雨水混在一起的泪水，笑得花枝乱颤。

“我是有私心，为了获得人身而故意在你经过时诱你酿酒，让你因心中有愧而给我人身。我本以为获得人身，便是圆满。谁知既得了人身，又通了人情，反添了痛苦。早知如此，不如当初安心做一棵桃花树，顺应天命，花开花落！”桃花娘将手中的伞转了一圈，无数桃花瓣从伞沿飘落，仿佛那把伞就是一棵暮春时节的桃花树。

桃花娘忽然伸手指着胡心水，愤愤道：“我甚至不如她！她手腕处尚有一处红点，而我却一个红点也没有！”

胡心水一惊，随即黯然。师父不操控我，莫非跟不操控桃花娘一样是因为嫌弃我？是因为这样，师父才让我下山去落阳城的吗？

起了一阵微风，雨水倾斜，胡心水感觉脸上一阵微凉。她低头看了看地上的桃花瓣，刚才落下的时候甚是好看，此时在泥水里已经狼藉不堪。她想起桃花娘问她是月光好还是烛光好的情形来，桃花娘说的月光应该是师父吧？

“这个还不简单？你让老朽操控你一次，就有红点了。”另一个戴着斗笠的人笑嘻嘻地说道。

胡心水听到那人说了“老朽”二字，便知那人不是师父操控的。

桃花娘一甩手，一条红线飞向此前落在地上的雪花刀，将那雪花刀拽了起来，然后牵引着雪花刀飞向刚刚说话的那个人。那人倒在泥水里，不再说话。血水从那人身下漫延开来，吓得周边的人纷纷避开。

一人大喊道："桃花娘！我们是来跟你们做生意的！你要保证我们平安才是！"

"对！没有我们，你们怎么挣钱？你们既然是个人恩怨，就自行解决！"有人附和道。

其他人纷纷发声，害怕自己成为下一个被杀的人。

桃花娘扫了一眼众人，笑道："今天对不起大家了！但是你们一个都走不了！他既然隐藏在你们之中，我就将你们全部杀光！这样他就无法隐藏了！"

众人愕然。

就连鹤临都几乎不敢相信自己的耳朵，他怯怯地问道："这……这……他们虽然大多是操控术初学者，但涉及各门各派，其中不乏未来的掌门人。这么做……恐怕会得罪太多人吧？"

桃花娘冷冷道："在我眼里，他们不过是一堆皮肉骨而已。唯有他是我在乎的。我要抓住他，切掉他的皮肉骨，让他忘记自己是谁，也忘记曾经那么讨厌我。或许，到那个时候再喝一次我的酒，他就会愿意操控我，愿意让我跳一次指随舞了！"

第七章
雷击木

桃花娘忽然换了一副凶狠的面孔，对着鹤临大喊道：“你还不清醒吗？桃花娘喜欢的是那个人，不是你这个老头子！”

鹤临一怔，随即露出痛苦的神色，幽幽道：“那又如何？我也一样，是求而不得之人哪……”

桃花娘迅速变换成之前的语气，冷冷地问鹤临道：“你嘀咕什么呢？”

鹤临立刻扯弯了嘴角，伸出大拇指，笑道：“没什么，娘子太聪明了，杀光了他们，那个人就无处躲藏了。”

桃花娘对他脸上僵硬的表情表示怀疑：“你好像有什么瞒着我。”

鹤临摇头道：“没有，没有，怎么会呢？你活了两千多年，在你面前我一下就被看透了。”

桃花娘轻叹一声，说道：“最看不透的是自己。”

鹤临转移话题，指着那些操控师，问桃花娘：“可是……我们怎么才能杀光他们？”

桃花娘笑道：“我们怎么可能杀光他们？当然要借助于皇后娘娘才能杀光他们！”

她瞥了一眼胡心水，有意大声说道：“好在她就是朝廷要犯，跟着被挖了骨头的那个小子一起坐孔明灯来到这里。敢杀皇后娘娘的人，他们的胆子也忒大了些！如今她的师父来救她，便是同犯！她的师父自然不怕我，但总不会不怕如今掌管天下的皇后娘娘吧！”

那些操控师听到桃花娘这么说，顿时哗然。

刚才他们听到桃花娘说要将他们全部杀掉的时候，更多是惊讶于桃花娘的蛮横，并不是太害怕。就像鹤临说的那样，即使桃花娘与他们不共戴天，也不得不忌惮于他们背后的势力。

可现在桃花娘说是为了捉拿朝廷要犯，还抬出皇后娘娘这面旗，他们没有理由不害怕。当初皮囊术的创造者，一人之下万人之上的宰相都被皇后娘娘追杀得仓皇如丧家之犬，这个隐藏的操控师再厉害又算得了什么？

就在此时，一人忽然从众人中飞身而起，如被惊飞的鸟雀一般想要逃走。

鹤临看到了，大叫一声：“小心他要逃走！”

桃花娘抬眼看去，微微一笑，并不动手。

“嗖——”

一支三丈来长的矛从树林里飞了出来，将那人穿透。在那支长矛的衬托下，那人更像是一只鸟雀了——被猎人的箭射中的鸟雀。

看到那人从空中跌落下来，胡心水忍不住惊叫一声。

那人摔落在地上，那声音像极了胡心水在胡林山听到的熟透了的果子从枝头落下，撞击地面时破裂的声音。

众人赶紧躲开，生怕砸到自己，落地之后又聚过去看。

“专为杀妖而制的后羿之箭？”鹤临不敢相信地问桃花娘。

胡心水的心又为之一颤。师父说过，世上有一种箭，专为杀妖而存在，名为后羿之箭。其箭由雷击枣木制成。相传枣树经雷击，其木能沉于水。妖最怕雷劫，雷击枣木刺入妖身，则如遭雷劫。

那时胡心水并不相信师父。因为师父说这些话的时候，是她看到一棵枣树上结满了枣子，想要爬上枣树的时候。她认为师父这么说，是为了吓唬她，不要她爬枣树。

师父还说：“这棵枣树曾遭过雷击。”

她反驳师父说：“我爬枣树，又不是枣木击中我，不碍事。”

师父阻拦道：“傻徒儿，枣树有刺，刺扎了你，便如遭雷击。”

她只好打消念头，却偷偷折了一根枣刺藏于袖间。

回去之后，她偷偷以刺扎手，除了刺痛之外，竟安然无恙。

胡心水没想到世间竟然真有专门杀妖的后羿之箭！

桃花娘以手勾住鹤临的下巴，鼻尖几乎要碰到鹤临的嘴巴，难掩得意地说道：“你虽傻了些，还是见过世面的。这是皇后娘娘贴身侍卫专为杀妖而备的后羿之箭。那个叫豁影的小子杀掉皇后娘娘的人之后，这些神射手就已经快马加鞭赶来了。我知道此事的时候，他们尚未到达烟花巷。我一眼就看出了那小子和这位姑娘的底细，便将他们请了过来，以树林为隐蔽，捕杀朝廷要犯！”

胡心水心想，桃花娘如此确定，且皇后娘娘和世间其他人确信后羿之箭可以杀妖，那为何枣刺伤不了我？难道我不是妖不成？可我不是妖的话，怎么活了这么多年？

这时，一人大叫道：“这不是专门做傀儡的催命堂主吗？”

桃花娘赶紧往那人落地的地方走去。

胡心水心中一喜，她在烟花巷躲着官兵的时候听豁影说过，烟花巷这一带最有名的傀儡师姓崔，有时候他也卖一些姑娘给烟花巷的店老板。因为很多人是从他手里变成傀儡，落入操控师之手的，所以他落了一个“催命堂主”的江湖称号。想来，催命堂主手里的一些傀儡是从这里买走的。

“果然是催命堂主！”跟在桃花娘身后的鹤临认了出来。

桃花娘气得甩袖：“又是操控！”

她扔了伞，从身边一位戴着头巾的人手里夺过雪花刀，发了疯一样朝戴着斗笠的人乱挥乱砍，接连杀了好几个人。

“你倒是操控我呀！这样不就可以救下她吗？你不操控我，我就亲手把这里的人杀光！杀到没有一个人能为你隐藏！你操控我呀！”她一边砍杀一边扯开嗓子大喊。

“你就宁可让我杀了这些人，也不愿意操控我吗？你为什么不愿意操控我？哪怕只有一次！”她终于没有力量继续砍杀了，站在雨水里尖叫。

胡心水想起师父说的那句话——爱就是控制。

师父不爱她，所以不会操控她。

胡心水心里又生出一些悲伤之情，师父也是不愿操控我的。

其他戴着斗笠的人吓得哆哆嗦嗦。一人跪在桃花娘面前，磕头道：“我的姑奶奶，求求你放过我们吧！”他磕掉了斗笠，头发上沾了泥水，额头磕出了血，血与泥水混在一起，如同戴了戏曲面具。

本是求饶的话，却激发了桃花娘的杀心。桃花娘大喝一声：“给我杀光他们！”

戴头巾的人听了命令，持雪花刀砍向这些前来买傀儡的人。

有人如牛羊一般被宰杀，有人奋起抵抗。可是这些人一则大多是初学者；二则没有傀儡可用；三则操控线触及雪花刀即断，抵抗基本无效。瞬间此地变成了地狱，血光一片，哭喊不断，地上血液漫延，仿佛铺了一层散发着腥味儿的红色地毯。倒在地上仍在伸手呼救的人如同地狱的饿鬼。

“住手！”

胡心水忽然听到一个熟悉的声音发出呐喊。

胡心水朝声音传来的方向看去，那里站着一个满脸杀气的男孩。

那男孩不是别人，正是豁影！

豁影脚踏虚步，双臂张开，十指弯钩，仿佛要抓什么东西。

胡心水看出那是烟花巷店老板泡泡说的雷家风格的操控术。他不是被困在鹤临的后屋里吗？如何逃脱且跑到这里来的？

鹤临回过头来，邪笑道：“你既然乘虚逃了出来，就该离开这里，为什么要自寻死路？”话刚说完，他的脸色忽然不好了，变得惊慌。

胡心水看到豁影身后走出数以百计的矮人。其中就有她认识的那两个矮人。矮人个个持刀、持棍、持勺、持扫帚等武器或者不能称之为武器的东西，怒视而向。

鹤临朝着矮人怒吼道：“你们要反啦！”他脖子变粗，青筋暴起。

胡心水看着鹤临，就如看到一只愤怒的野兽因为领地被冒犯而在山间狂啸。那只野兽仿佛被鹤临的皮囊困住了，它几乎要冲破鹤临的皮囊，如蝴蝶一般破茧而出。

她感觉如果此时有一把雪花刀在鹤临的身上划一个口子，那只野兽就会从口子那里跃出来。

原来人的皮囊里是有妖怪的，她心想。

带胡心水去看美人草的矮人举起手中的长棍，大喊道：“你扒我们的皮，吃我们的肉，喝我们的血！你以为我们不知道吗？你以为我们全都忘记了吗？”

鹤临一怔。他完全没想到自己养的矮人会说出这样的话。

那矮人热泪盈眶，继续说道：“有些我们确实忘记了，但还有一些像种子一样留在这里，不知不觉生根发芽，越来越多，越来越大！以前不敢违背你们，是因为我们没有办法。今天是你们血债血偿的时候了！”

鹤临仰天大笑，说道：“你们不过是一群家养的畜生！再闹也不过鸡飞狗跳！”

胡心水看到豁影身后拖着一根红线，因为豁影正对着鹤临和桃花娘，他们看不到那根红线。

胡心水顿时明白了，豁影是被操控着逃出来的。他本身并没有觉醒。

是师父吗？她忍不住往豁影身后更远的地方看。后面空空荡荡。

其他的操控师呢？都躲起来了吗？她有些欣喜，也有些担忧。

欣喜的是这些矮人都出来了，担忧的是操控其他矮人的操控师到目前为止还没有出现。

鹤临领着几个人冲向豁影和矮人。矮人由于身高和武器的落差，确实无法做出像样的抵抗。鹤临如切菜一般在矮人中横冲直撞，许多矮人倒了下来。

雨水如帘，仿佛要将这悲惨的一幕藏匿起来，不让胡心水看见，不让别人看见。

胡心水泪如泉涌，对着那些矮人喊道：“你们快回去吧！”

眼前如帘如线一般的雨水忽然变成了红色，红色的雨水铺天盖地而来，让痛心不已的胡心水也忍不住赞叹雨水之奇、之美、之宏大。她伸了手去接，红色的雨水落在手掌心，聚成一团，越来越多，却不从指缝间流下。

她感觉手中承受的重量越来越沉，几乎要支撑不住。

她松开手，雨水没有倾泻而下，却垂挂在她的手指上。这时她才发现铺天盖地而来的不是雨水，而是一根根红色的线！

天哪！她心中惊叹。

四周打杀叫喊的喧嚣声消失了，整个世界忽然安静了下来。

她将目光抬起，往周围看去，发现所有的人都一动不动了，保持着僵硬的姿势。豁影瞪着眼睛看着要砍他的人，却不再躲避。鹤临的刀已经到了带胡心水去看美人草的矮人的鼻尖上，却不能再往前一点点。

从天而降的红线连接在他们的脖子、手指、双臂以及其他地方。

胡心水转头，看到唯一一个像她一样还能动的人。那个人便是桃花娘。

桃花娘抬起头，原地转圈，难以置信地看着头顶上撑开的伞。那是她带来的伞。她身边一个戴着头巾的被红线控制的人举着伞，将她罩在伞下，使她避免被红色的“雨”淋到。

接着，胡心水看到师父从红“雨”中走了出来。师父像是在胡林山时拨开门上的帘子一样拨开红线，走到胡心水的身边，温和道："徒儿，我们走吧。"

胡心水记得，师父无数次跟她说过这样的话，以这样温和从容的语气。在胡林山的时候，她有时候一个人出去玩，迷了路，怎么找也找不到回去的路。等到天快要黑的时候，师父找了过来，说一句"徒儿，我们走吧"，便带着她回去。有时候师父带她去一个没有去过的地方，教她认识以前没有见过的草木鸟兽，在她玩得忘形的时候，师父走过来，说一句"徒儿，我们走吧"，便领着她离开。有时候她生师父的气，只要听到师父说"徒儿，我们走吧"，她便气消了，跟在师父后面走。

有一次，师父问她："怎么我说'徒儿，我们走吧'，你就答应了呢？"

她说："除了跟着师父，好像也没有别的办法。"

师父笑道："那是因为你没有见过更大的世界。等你见过了，为师再这样叫你，说不定你就不愿意跟在师父后面了。"

桃花娘在伞下大喊："你即使操控天下所有人，也不愿意操控我？"

师父充耳不闻，朝胡心水微笑，然后转身就走。这让胡心水感觉刚才发生的一切就如以前迷了一次路、忘了一次形、生了一次气一样不值得一提。

"我……"胡心水支支吾吾。

“怎么了？”师父站住了。

“师父也不愿意操控我吗？”胡心水低头，看着红线从她手心里滑落。手腕处那个红点隐隐发痛。都说十指连心，手腕处的痛居然也连在了心上。

“不操控你，跟不操控她，是不同的。”师父说道。

“不都是不操控吗？哪里不同了？”胡心水嘟囔道。

“等你到了落阳城，看到了烟花，就知道哪里不同了。”师父说道。

胡心水朝豁影所在的地方瞄了一眼。豁影在红线的操控下往师父这边走来。但是豁影走路的姿势非常僵硬，手和头撞在帘子一样的红线上，破开红线帘子往前走。

“师父，他……”胡心水以为豁影出了什么问题，正要问师父，却看到师父背在身后的两只手颤抖得厉害。

胡心水明白了，四臂傀儡比普通操控师多了一双手臂，也无法多操控几个人，而师父要操控这里的几乎所有人，这太难了。师父已经有些难以支撑了。

她咽回了后面想说的话，加快脚步跟了上去。

不一会儿，胡心水回到了雨中。回头一看，刚才所在的地方就如被一个巨大的纱帐罩住，而里面的人就如皮影戏尚未开场的样子。

“别看了，走吧。”师父催促道。

“那些矮人……”胡心水放心不下。

“我会先放了他们。你不用担心。”师父说道。

胡心水跟着师父，师父操控着豁影，三人如此离开了这个地方。

师父带着他们来到月牙儿出现的地方，雨已经停了，四周一片寂静。

“我们要回胡林山吗？”胡心水问道。

师父没有回答她，走进了旁边的草丛里。

师父看了看，蹲在一棵药草旁边，将药草连根拔出。那药草的根非常肥硕，状如人形。

一个月牙儿随之从泥土里蹦了出来。

师父迅速以红线系住，然后将红线的另一端交给胡心水牵住，嘱咐道：“抓紧一点，别让它跑了。”

胡心水抓紧红线。月牙儿活蹦乱跳，意图逃走。胡心水丝毫不敢松。

豁影在师父的操控下盘腿坐了下来，跟在鹤临的房间里一样。然后，师父将耳朵凑到豁影的鼻子前，听豁影的气息。听了一会儿，师父说：“好了。”

胡心水不知道师父说“好了”是什么意思。

师父朝她伸手，她瞪着眼睛看师父。

师父道：“给我。”

胡心水这才明白过来。原来师父要红线。她将红线小心翼翼地交给师父。

师父收线，将月牙儿捉于手中，然后送到豁影的鼻子前，稍作停顿，便将月牙儿往豁影的鼻孔塞去。

胡心水惊讶地看到月牙儿连带红线竟然被豁影吸进了鼻孔里。

师父抽出红线，线那头已经不见月牙儿的踪影。

师父放豁影躺了下来，这才对胡心水说道："月牙儿是药之灵气，既可治疗接了皮肉骨之人的病，也可治疗失了皮肉骨之人的病。人之七窍中，嘴食有形物之精华，如五谷；鼻食无形物之精华，如气息。月牙儿乃灵气所化，故以鼻吸之。"

胡心水感觉自己还在胡林山，师父像往常一样教她一些不知道的事情，仿佛胡林山之外的世界仍然是胡林山。

师父放好豁影，站了起来，指着前面一座山，说道："那里有一条路，顺着那条路走出去，然后一直往前，就可以走到落阳城。"

这时豁影咳嗽了一声。

师父看了看豁影，拧了一把袖子上的水，甩了甩袖子，又说道："师父就送你到这里。等他好了，你们一起去落阳城。"

"师父呢？"胡心水见师父要走，心中不舍。

"师父在胡林山等你。你若是看完烟花还愿意回来，就回来。你若是不愿意……”师父不再言语。

“怎么会？”胡心水说道。

师父脸上露出无奈的表情，说道：“五百多年前，你就离开过。”

“是……是吗？”胡心水惊讶不已。

五百年前的事情，她没有任何记忆。即使这样，她也不相信自己会狠下心来离开师父。这次下山，她也不是想要离开师父，而只是想要到胡林山之外的世界看看，看看之后就会回去，跟在胡林山的时候出门看看外面的花草树木一样。

师父点头：“是的。”

“对不起……我以后不会这样……”胡心水为不记得的事情而感到万分愧疚。

“没关系的，你不用为了安慰师父而说以后不会，说了也没有用。就像你现在认为从不会离开师父，但是你离开过。过去曾经是未来，你怎能为未来的事情做保证呢？”

胡心水看到师父的眼眶红了，她以前从来没有见过师父这样。

“对不起……”除了这句话，她不知道该说什么。

“你不用感到抱歉，徒儿。”师父抬起手来，似乎想要触碰她的脸，却又放下了，“有些事情就像冬季，不是你想不要，就能不发生的。冬季会来，无可避免。这不是你的错，徒儿，这是万物自有的规律。”

“冬……季？”

“是的。对师父来说，你就是冬季。此生遇见你，就像遇见冬季。虽知寒风凛冽，却避无可避。”师父闭上眼睛，深吸一口气，缓缓吐出。

这时，一只刺猬从草丛里跑了出来。

胡心水大喜，喊道：“兔子！”

刺猬在胡心水脚前停下，胡心水蹲下，将它捧在手心。

师父道：“是它帮我找到你们所在的房间的。”

胡心水点头，小声地问刺猬：“我离开胡林山之后，你有没有想我啊？”

“想你？这个……爱是控制的话，想就是被控制……师父不喜欢控制或者被控制……”师父支支吾吾道。

“到底有没有？”胡心水看着刺猬小小的眼睛问道。

“这个……师父平生不会相思……”

“兔子，兔子，你说话呀！”胡心水对着刺猬吹了吹气。

“哦，原来你是……喀喀……”

胡心水转过头来，问道：“师父，你刚才说什么？”

师父扭头不理，咬牙切齿。

“师父生气啦？徒儿哪里做错了？”胡心水一片茫然。

师父挥袖厉声道：“你是不是傻？它还不到一百年修行，怎么会跟你说话？师父教你这么多，你连这个都忘了吗？”

胡心水委屈嘟囔道："我就逗逗兔子而已，以前我也经常这样逗它呀……"

师父一下被噎住了，想了想，转而说道："明明是只刺猬，非得叫它兔子！要是被人看到了，会说我怎么教出来这么傻的徒弟！"

胡心水怯怯道："名字不是师父你取的吗？"

"那还不是因为你想要一只兔子吗？"

师父的声音更大了，吓得胡心水低下头，不敢看师父，更不敢再反驳。

这时，躺着的豁影爬了起来，挠挠头，问胡心水道："兔子？哪里有兔子？"

胡心水见豁影醒了，欣喜道："这是我……"

胡心水环顾四周，师父已经不见了踪影。低头去看手心，她发现手心里捧着一个松果。

附近的草丛里草叶晃动，似乎有只兔子从那里逃走了。

"对，对，刚才这里有只兔子。"胡心水说道。她心想，师父应该是不想让豁影知道才离开的，她便也不宜告诉豁影刚才发生了什么。

"我们是出来了吗？鹤临呢？桃花娘呢？"豁影四下里张望。

"是的。我们跑出来了。"

"是你救我出来的？"

“差不多吧……你别问了，我们赶紧上路吧。那边的山上有一条路，我们顺着那条路一直走，就能走到落阳城。”胡心水指着前面的一座山说道。

豁影摸了摸胸口，露出疼痛的表情，说道：“对，我们要去落阳城，我要报仇，我要把我的骨头拿回来！”

胡心水搀扶着豁影往师父指明的那条路走去。

一路上，豁影的问题如同雨后春笋一样冒了出来。

“你是怎么把我救出来的？”豁影问道。

“背你出来的啊！”胡心水想了想，回答道。

“怎么背的？”

“就是背在后面这样啊！”胡心水做了一个背人的样子。

“鹤临和桃花娘没有发现吗？”

“发现了。”

“发现了不追我们吗？”

“追我们呢，怎么可能不追？”

“没追上？”

“还在后面追，所以我们得走快一点儿。”

“那你别去落阳城了！我自己去！”豁影忽然甩开胡心水，大声道。

“怎么了？”胡心水不知道为什么豁影不要她去落

阳城了。

“他们是皇后娘娘的人，已经认得你了。你若是还去落阳城，就会被他们发现，被他们抓起来！皇后娘娘是个心狠手辣的女人，她不会轻易放过你的。”豁影说道。

胡心水想了想，觉得豁影说得对。烟花巷那边的官府虽然必定还在捉拿他们，但是官府的人还不知道他们借孔明灯过了河，应该还在河那里等着他们。这次就不一样了，桃花娘和鹤临本就是皇后娘娘安排的人，他们过了河的消息以及肖像画会很快传到宫里去。等走到落阳城，皇后娘娘必定早已布下天罗地网。

“那你呢？不也一样吗？”胡心水说完就想起第一次遇到豁影的情形。他是操控师，他可以伪装成另一个人。

“我当然有办法！”豁影不以为然地说道。

胡心水仍然往前面走。虽然豁影说的话在理，但她还是觉得自己应该去落阳城。如果落阳城不能去了，刚才师父应该会告诉她，不要她继续往前走。既然师父没有阻止，那就可以去。

她相信师父。

问题是她不知道怎么说服豁影。刚才还说是自己救他出来的，现在怎能又说刚才师父没说不可以去？

况且即使说了师父没说不可以去，豁影也会反问“师父没说就代表可以去吗”之类的话，而起不到说服豁影的作用。

“你走吧！不要去落阳城了，烟花也没什么好看的。”豁影见她跟着，没好气地说道。

“我能去哪里呢？总不能回去吧？回去他们也会发现我。”胡心水说道。

“你去别的地方躲起来。等我找皇后娘娘报了仇，你再出来。”豁影不时地抚摩失去骨头的那块地方。

胡心水心想，再不提及师父，就没有其他办法了。

于是，她吸了一口气，说道：“我师……”

就在这时，一阵怪风吹过，豁影被吹得连连后退，退到胡心水身边的时候跌倒了。胡心水用手挡住脸，睁不开眼睛。

风一掠而过，如突然从草丛里跑出来的兔子，在路上蹦跶了几下，又跳到草丛里去了。四周很快恢复了宁静。

胡心水弯下腰，伸出手，要拉豁影起来。

豁影却躺着一动不动，手也不抬一下，只愣愣地看着胡心水。

“你怎么了？”胡心水关切地问道。

豁影盯着她的脸看了半晌，缓缓说道：“你的脸皮吹裂了……”

“啊？”胡心水不敢相信，收回手摸了摸自己的脸，果然抓到了一块皮。她轻轻一扯，却扯了一大块下来。她看了看，心想，这不是师父贴在我脸上的纸吗？

“天哪……”豁影惊呆了。

“怎么了？”胡心水不知道他为何如此惊讶。

“我……我从来……没有见过这么好看的人……”豁影说完，咽了一口口水。

胡心水忍不住笑了起来。她笑不是因为豁影夸她，而是豁影像是许久没有吃上饭的人见到了食物一样。她在胡林山的时候学到一个人世间的词，叫“秀色可餐”。以前她不信，现在终于知道好看的东西确实能引起人的食欲。

“你……是谁？”豁影似乎这才回过神来，不仅不让她拉他起来，反而用脚蹬地往后退，脸上露出恐慌的神色。

“我是谁？你忘记我是谁了吗？哎呀，不好了不好了！”胡心水也惊慌起来。

“哪里不好了？”豁影见她惊慌，一脸迷惑。

胡心水眉头紧蹙，说道：“以前常听说皮肉骨是附有记忆的，拿走了皮肉骨，就会失去一些依附在皮肉骨上相关的记忆。看来你对我的记忆是在那根骨头上！现在骨头被他们拿走了，你就不认得我了！”

“在骨头上？”豁影一时半会儿弄不清胡心水在说什么。

“对呀。你对我的记忆为什么不在别的地方，却偏偏在一根骨头上？”胡心水问道。

豁影用力地拍打脑袋，想让自己清醒一点。

“不，不，我不是忘记你是谁了。是你这张脸我不认识，这不是我认识的胡心水的脸。”豁影用手指指着胡心水的脸，从眉毛比画到鼻子，再到嘴巴，然后沿着脸颊画了一个圈。

“我是不是胡心水，难道是由这张脸决定的吗？人的脸随着时间和年龄的变化，也会变得不同吧？树的叶子随着时间和季节的变化，也会由绿变黄，然后凋落，再生出新的叶子。难道那棵树就不是你认识的树了吗？”胡心水问道。

豁影咬住嘴唇，想了半天，说道：“你说得对。可是……这也太奇怪了！”

胡心水笑道：“你就当我是一棵树，我的脸是树叶。”

豁影坐在地上又想了一会儿，然后缓缓爬起来，拍了拍身上的泥土，说道：“要这么说的话……我好像心里舒服了一些。”

很快他转惊为喜，说道：“这样也好。现在你去落阳城，他们就认不出你了。”

胡心水却觉得奇怪。为什么刚刚那阵风刮得这么巧，偏偏在这个时候把脸上的纸给吹下来了？

豁影说道：“你这张掉下来的纸面，让我想起了流传了很久的一个传说。”

“什么传说？”胡心水往刚刚来风的方向看，总觉得有什么东西藏在那里，心思并不在豁影这边。

“据说很久很久以前，有个操控师失去了最爱的人，那个操控师伤心欲绝，可又心有不甘。于是，那个操控师找到落阳城最好的傀儡师，要求傀儡师按照最爱的人的模样做了一个一模一样的傀儡。从此以后，那个操控师无论走到哪里，都要带着那个惟妙惟肖的傀儡，操控傀儡像操控最爱的人那样生活。”

“哦？”

“后来，操控师发现自己无法控制地爱上了傀儡。如果傀儡不在身边，那个操控师就会无比地想那个傀儡。”

“操控师被那个傀儡控制了？”胡心水回过头来。

豁影一惊，问道：“你听说过？”

胡心水摇头：“我听……听人说……爱是控制，想是被控制。操控师若是想傀儡，不就是被傀儡控制了吗？”

豁影讶异道：“原来还有这层意思？我听人说操控师感觉自己被傀儡控制的时候，我还犯疑呢，这个操控师怎么就觉得自己被控制了呢？你说得没错，那个操控师觉得自己被傀儡反过来控制了，由此惊慌不已。并且，操控师觉得自己爱上了这个傀儡，就是忘记了之前最爱的人，心中有愧。于是，操控师在傀儡的脸上贴了一张纸，纸上绘了眼睛、鼻子和嘴。这样的话，操控师就可以提醒自己，面前的傀儡不是那个最爱的人，不应该爱上面前的傀儡。”

胡心水收回了心思，说道：“这倒是一个好办法。”

豁影摇头道：“不要这么早下结论。你听我说完。有一天，操控师醒来，发现傀儡脸上的纸面不见了，傀儡又变成跟最爱的人一模一样了。操控师想要找回纸面，却发现纸面贴在自己的脸上。而那个傀儡哭着对操控师说：‘对不起，我不是有意要给你贴这张纸面，是因为你总让我把你当作那个故去的最爱的人……’”

第八章
落阳城

“什么……什么意思？”胡心水皱起眉头问道。

豁影笑了，说道：“这回你没猜到吧？我还以为你一听就知道是怎么回事呢。”

“怎么回事？”胡心水好奇地问道。

“操控师也不知道是怎么回事。傀儡流着泪对操控师说：‘我不该让傀儡师把你做得跟我最爱的人一模一样，我只能把这张纸脸贴在你的脸上，让我自己不要总是把你当作那个人。’操控师说：‘不对吧，我才是操控师，是我去落阳城找到那个最好的傀儡师，做出了你。这张纸脸是我画了之后贴在你脸上的。’傀儡连连摇头，说出让操控师非常惊讶的话来。”

“说的什么话？”胡心水心里隐隐有了答案。

“傀儡说：‘操控师和傀儡在一起的时间太长，就会分不清谁是操控者，谁是被操控者。操控术的最高境界就是不分你我，合二为一。你是我的傀儡，我操控你太久了，太用心了，导致你有了意识，开始自我修炼。一般的妖怪得到人身至少需要修炼五百年，而你自傀儡师做成的那一天起，就获得了人身。并且傀儡师选择的材料也是早有灵气凝聚的材料。因此你修为精进，很快达到了跟我一样的水平。渐渐地，你开始产生幻觉，以为你才是操控师，我才是傀儡。’”

胡心水沉默不语。

豁影继续说道：“傀儡对操控师说：‘其实我才是去落阳城找傀儡师做出你的那个人。’操控师听完，恍惚觉得傀儡说得有道理。”

“为什么不去落阳城找当年那个傀儡师做个验证呢？”胡心水问道。

豁影撇嘴道：“操控师确实去找了，可是傀儡师早已故去。”

“那后来呢？弄清楚了吗？”胡心水追问道。

“后来，操控师有时候觉得自己是操控师，操控着傀儡；有时候发现自己是傀儡，被对方操控。”

“就这样了吗？”胡心水为传说中的操控师忧心不已。

“操控师觉得只有毁掉傀儡才能摆脱这种混沌的状态，于是偷偷等待机会。操控师与傀儡天天相处，机会其实很多的。可是机会来临的时候，操控师却下不了手。毕竟傀儡跟操控师最爱的人一模一样。既然对傀儡下不了手，操控师最后决定利用皮囊师的手法将自己的皮肉骨剖去，要将自己毁灭。操控师之所以用皮囊师的手法，是因为其他自尽的方法不能够让自己彻底毁灭。操控师不想让自己有被救的机会。”

“这个操控师一定是非常非常痛苦，才下这样的决心吧……”胡心水难过地说道。她心里感受到一阵难以言喻的痛，仿佛选择自我毁灭的操控师是她最舍不得失去的人。

“操控师划开自己的皮，割下自己的肉，剔下自己的骨，将自己拆得七零八落。可是操控师毕竟是操控师，手法还是不如皮囊师。操控师没能杀死自己，却将自己所有的记忆弄丢了。等到傀儡发现操控师的时候，操控师已经不认识傀儡了。”

胡心水不禁打了一个寒战。

豁影轻轻吐出一口气，眼睛望向远处，淡淡说道：“傀儡为了救下奄奄一息的操控师，用自学的傀儡师技艺将操控师做成了傀儡，由于傀儡不是真正的傀儡师，在救下操控师的时候没能还原绝大部分皮肉骨。操控师虽然没能杀死自己，仍然没有离开那个傀儡，却从此解脱了。”

“那从此操控师真的变成了傀儡，傀儡真的变成了操控师？”胡心水问道。

豁影摇摇头，说道："这可不一定。也许操控师之前就是傀儡，误以为自己是操控师。傀儡从开始就被误认为是傀儡，其实身份是操控师。"

"就是说，分不清毁灭自己的那个人是操控师还是傀儡？"胡心水问道。

"嗯。知道这个传说的人很多，但是没人知道忘记过去的是操控师还是傀儡。这也是这个传说至今被人津津乐道的原因。"豁影说道。

"不，这个传说之所以流传到今天，是因为世间人大多更容易记得痛苦的事情，而更容易遗忘快乐的事情。"胡心水说道。

这句话是师父跟她说的。在胡林山的时候，为了培养她学习人的吃饭礼仪，师父常在她礼仪不佳的时候用筷子敲她，有时候是她用手去捏碗里的菜，有时候是她用筷子拨弄碗里的菜。有一次，师父的筷子敲打在她的手背上，她疼得咝咝地吸气，埋怨道："师父，你怎么总是用筷子打我？"

师父道："我还用筷子给你夹过肉呢。你怎么忘记了？"

然后，师父说出"世间人容易记得痛苦的事情，而容易遗忘快乐的事情"那句话来。

胡心水一想，确实这样。要不是师父提醒，自己都不记得师父打她的那双筷子曾经频频往她的碗里夹菜。

豁影挠挠头，尴尬道：“你说得也对。如果是个快乐的传说，可能就被人们淡忘了。”

走到天色渐暗，他们两人来到一个小县城。豁影见人多了，赶紧在地上抓了一把灰抹在脸上，然后寻找落脚的地方。

走到一家旅店的门口时，豁影浑身上下摸了一遍，无奈地对胡心水说道：“完了，我身上没有钱，我们恐怕要露宿街头了。”

胡心水转圈往各处看，希望能找到一个可以蜷身的地方。她发现旅店前来来去去的行人都在朝她身上看。

这时，一位风度翩翩的公子来到旅店前，主动问胡心水道：“姑娘可是要在这家旅店落脚？”

公子身后跟着一个穿着讲究的下人，下人牵着一匹黑得发亮的骏马，马背上驮着行李，骏马在此时打了一个响鼻。

豁影赶紧拦在公子与胡心水之间，一副担心公子欺负胡心水的样子。

公子看了一眼豁影，问胡心水道：“这是姑娘家的下人？”

“你才是……”豁影刚要反驳，却被公子伸手拨开了。

公子径直走到姑娘近前，微笑道：“姑娘出落得如此楚楚动人，又没有操控师在身边，定然不是一般人家的姑娘。

可是怎么连旅店落脚的钱都没有呢？”

胡心水心中一慌。他似乎看出我们的破绽了？

她看到豁影正要上来理论，听到公子这么说，也脸色为之一变。

公子见胡心水有些慌，又安慰道：“姑娘不必难为情，谁还没有为难的时候？像姑娘这么漂亮的人，到哪里都有人抢着帮忙的，小生倒是运气好，撞着了！阿丙，这姑娘住店的钱你先给付了。”

下人应了一声“是”。

胡心水正要拒绝，豁影冲了上来，讨好地对公子拱手说道：“多谢公子！这次我家小姐为难，是我这个做下人的不对。我忘性大，将身上的盘缠遗失了。还烦公子留下姓名，我家小姐回到落阳城之后，定会登门致谢。”

这位公子本就是为了搭讪而来，听豁影这么说，情不自禁地搓着手喜滋滋道：“小生姚之霜，家就在落阳城。父亲叫我‘读万卷书，行万里路’。小生平日在外游学，临近父亲五十岁寿诞，这才踏上归途。既然姑娘也是去落阳城，不如我们结个伴儿，路上多个说话的人？”

胡心水正要摇头，豁影连连点头道：“公子说得对！后面就有劳公子照顾了！”

豁影一边说话，一边暗暗在背后伸手扯了扯胡心水，示意她不要说话。

姚公子兴奋道：“哪里哪里！既然如此，我们的客房就订挨在一起的吧！”

由不得胡心水乐不乐意，姚公子将二楼两个挨在一起的上等客房订了下来。

胡心水进了客房，问豁影道：“你为什么要接受姚公子的人情？我们去平常百姓家借宿一晚也不是不可以。”

豁影道：“你进城的时候没注意到那些人都看着你吗？你这样好看的姑娘，去平常人家借宿？你就不怕别人起歹心啊？就算别人不起歹心，也太招人怀疑了。那姚公子，一看那下人的穿着，看那不同凡种的马匹，就知道不是一般的公子，给你订客房也会订上等的客房。”

胡心水注意到这间客房确实不同于一般的房间，除了一大一小两间睡房，还有一个客厅。陈列的瓷器美轮美奂，家具高贵精致。一股似有似无的恰到好处的檀香味儿弥漫在空气中，让人心情愉悦。这客房就是给带着下人出行的达官富商准备的。

“也没必要住这种上等的客房。”胡心水说道。

豁影“啧”了一声，说道：“你刚才没听到姚公子怎么说的吗？在如今这世道上，像你这样的姑娘，若是身边没有操控师，就必定是高贵的人物。若是身边有操控师，就是烟花巷那样的地方的花魁……当然了，烟花巷这种地方的花魁也不如你好看。你看看，我现在没法操控你，在外人看来，你就必定是高贵的人物了。高贵的人物不住在上等的客房，在外人看来，那就太可疑了！”

“只有这两种可能吗？”胡心水问道。

豁影毋庸置疑地回答道：“在操控师出现之前，是有很多可能的。自操控术出现之后，就只有这两种可能：美丽的花，要么在高高的枝头供人赞赏，要么掉落到尘土里被人践踏。”

胡心水想起在烟花巷见过的那些姑娘，她们仿佛是落在街道上的花瓣。

“你的意思是，我只有住在这里，才不会被怀疑？”胡心水抚摩着跟人一样高的乳白瓷器，感觉到瓷器也是人，也只有这样的瓷器，才可以出现在这样的房间里。

原来世间万物都是相互匹配的，胡心水忽然生出这样的感想。

豁影见客厅有茶壶和茶杯，就给胡心水倒了一杯，也给自己倒了一杯茶，然后喝下，说道：“渴死我了。当然，你住在这里安全多了。你要是住在平常人家，就会害了那户人家。官府的、江湖上的，还有鹤临那边的人，都会盯着你。”

胡心水想起下山时师父说的“好看的脸容易引起祸端”那句话。难怪师父要在我脸上贴一张纸！

正思量着，胡心水听到叩门的声音。

胡心水开门一看，原来是姚公子。

姚公子手里提着一个精致的长嘴银壶，说道："姑娘，打扰了！小生这里有一壶域外才有的葡萄美酒，特地送与姑娘尝尝。"

胡心水接了，说了声"多谢"，便要关门。

姚公子却抢身进了门，假装左看右看，然后走到书架旁，抽了一本书，煞有介事地夸奖道："这个旅店老板见识不一般哪，居然还藏有这样的书！"

胡心水知道他是没话找话说，并不是那本书真有多好，只好应付地笑笑，说道："是吗？好书是给人读的，放在这里，束之高阁，倒是浪费了。"

姚公子惊讶道："姑娘不仅生得好看，竟然还有这番见地！敢问姑娘家住落阳城何处？令尊必定不是一般人吧？身居何职？"

胡心水不知该如何作答。

姚公子见胡心水不回答，以为她犹豫，便说道："冒昧了！像姑娘这样才貌非凡的人，必定不会身在平常人家。小生的父亲是当朝金紫光禄大夫，所以问问令尊何职，说不定父亲与令尊相识呢！"

姚公子的话惊了豁影。豁影快步走上来，以崇拜的眼神看着姚公子，欣喜道："令尊是操纵巨型傀儡的当朝三品大员姚大人？”

姚公子本不太喜欢豁影在旁边晃来晃去，但听豁影这么说，不禁对豁影亲近了几分，点头道：“正是。原来你听说过？”

豁影激动道：“何止是听说过，简直如雷贯耳啊！雷家以操控精准著称，姚家以操控巨型闻名！当年太祖定都落阳城，平地之上建皇城，巨石长木皆由姚家操纵巨型器械与傀儡搬运，立下万世之功！”

胡心水理解豁影为何激动。豁影本是偏僻之地的一个小小操控师，遇到扬名立万的操控师家族的人，自然会崇拜不已。

“不敢当不敢当！”姚公子此时倒有些不好意思了。

豁影忽然换了悲戚的口气说道：“可惜听说姚家后继无人，姚大人膝下仅有一子，这姚家公子却贪图美色，不思进取，没能学会半点儿操控术，借‘行万里路’之名游山玩水，逛遍天下青楼，把姚大人气得半死……”

姚公子脸色变得红一阵白一阵。

胡心水想阻拦已经来不及了，拼命给豁影递眼色。

豁影看到胡心水朝他使眼色，这才意识到失言了，停顿片刻，干咳一声，想了想挽回之词，然后犹犹豫豫地说道：“这个人……该不会就是公子你吧？”

姚公子尴尬地站在那里，僵住了一般看着豁影。

胡心水都替他觉得尴尬，不知道该说什么话化解这种尴尬，只好也怔怔地站在原地，像是一条等待破冰的开河鱼。

豁影知道自己又失言了，一时愣住了。

整个房间里的时间仿佛停止了。

“哈哈哈……”

忽然，姚公子放下书大笑，然后连连鼓掌。

“你这位朋友太会开玩笑了！哈哈哈！”姚公子走到豁影身侧，抓住他的肩膀摇晃。姚公子的手指似乎要抠到豁影的骨头里去。

豁影疼得咬牙，却只能点头赔笑：“开个玩笑而已，姚公子不必当真。”他实在忍受不住了，抬起手来，抓住了姚公子的手，想要将姚公子的手拿下来。

豁影的手刚碰到姚公子的手，姚公子脸上掠过一丝惊讶之色，将豁影的手抓住了。

豁影一慌，想要缩回手，姚公子却死死不放。

胡心水感觉到了不对劲。

“你是操控师？”姚公子警觉起来。

豁影慌乱地笑了笑。

姚公子说道：“你的手上有操控师才有的伤。我虽然不会操控术，可是在家里耳濡目染，看一眼就不会错。”

胡心水心想，不对呀，豁影的手上确实有伤，但是在烟花巷的时候被胖子以皮囊术修复了。这个姚公子怎么会发现？

“你虽然修复过，但是旧伤没有了，又添了新伤。最近你还使用了强度超过你承受范围的操控术吧？”姚公子说道。

这句话提醒了胡心水。在鹤临那里，师父操控豁影出现过，因此豁影身上留下了使用操控术的痕迹。这姚公子果然是操控世家的人物，就一眼，竟然将豁影身上的破绽都看了出来。

姚公子转头来看胡心水，推测道：“这么说来……你不是尊贵人家的千金，而是……”

胡心水心想，他这是要把我当作烟花巷或者类似烟花巷的姑娘了吧？

姚公子的眼神由自信变得狐疑。他不太确定地说道：“可是……你怎么看都不像是被操控的傀儡。被操控的傀儡，表情没有你这么自然。不管是什么表情，哪怕是惊慌失措，自由的人都会比被操控的人要自然，哪怕是哭，也会带着快意。你？不像。”他轻轻摇头。

他放开了豁影的手，长叹一声，说道：“你们不用惊慌。我本就对操控师什么的不感兴趣，也不关心什么朝廷大事。人生苦短，及时行乐。干吗非得操控别人？来，你们尝尝我带来的葡萄美酒！”他一边说着，一边从桌上拿了三个酒杯来，一一倒上。

胡心水想起桃花娘的酒，不敢喝这葡萄美酒，于是说道：“姚公子，现在有些晚了。我有些累了。等我休息好了，以后再喝如何？”

姚公子的心思似乎不在酒上了。他见胡心水推辞，难得爽快地说道：“好，那我们择日再饮！”

胡心水赶紧送他出门。

等姚公子离去，胡心水赶快关上门。

豁影心慌意乱地说道：“糟糕，他发现我们有问题了。”

“他不是说他对操控师和朝廷的事情不感兴趣吗？”胡心水说道。

“如果他说的是假话呢？”豁影问。

胡心水坐了下来，小小地尝了一口葡萄美酒，说道：“我觉得他说的是真话。”

在姚公子离去的时候，店里已经点上了灯和蜡烛。她站在门口，看着他拖在地上的背影，竟然觉得他的背影有些落寞。这样的人，应该不是真正的坏人。

师父说过妖怪的影子有深和浅，却没有说过人的影子该如何辨别。人的影子应该也是可以用来辨别人的吧？她心想。

葡萄美酒确实挺好喝的。她又抿了一口。

师父说，身在世间，就难免操控和被操控。她却觉得，这个姚公子好像没有心思操控别人，也没有被操控。或者说，他不同于其他人的一点是，他在尽力避免操控，避免被操控。

你可不要让我失望啊，胡心水在心里说道。

豁影还是不放心，说道：“害人之心不可有，防人之心不可无。这样吧，我去看看他回到房间之后做什么。”豁影说完，走到姚公子刚才拿过书的书架旁边，抽下一本书，撕了一页纸，拿起一把剪刀，剪下一个人形，然后用笔墨将纸人点了两个小小的眼睛。

“你这是……”胡心水不明白他在做什么。

豁影又走到脸盆架旁，将晾着的白净手巾拿下来，小心翼翼而又巧妙地抽出一根长长的白棉线。他接连抽出几根白棉线，分别系在纸人的头、脖、手、脚处。

胡心水明白了，豁影要以最简单的操控术——皮影戏的方式操控纸人。

豁影做好“皮影”，又将挂在睡房的风铃拆下三个。

胡心水问道：“你要这个干什么？”

豁影神秘兮兮地说：“风的声音本来很小，但是风铃可以让人听到风的声音。”他将风铃里面的小吊坠摘下，然后用另一根白棉线系住，最后将风铃系在纸人的背后。

做完这些准备，豁影带着胡心水悄悄来到姚公子的客房外面，蹲在窗户下。

豁影操控纸人从窗户缝隙里钻了进去，很快，纸人从里面将窗户打开了一点点，让豁影和胡心水可以通过缝隙看到里面的情形。

胡心水看到姚公子正在跟他的下人说话。显然姚公子早有防备，说话的声音很小，胡心水听不到他们在说什么。

纸人在豁影的操控下越来越靠近姚公子和他的下人。

这时，豁影拿出另外两个拆掉了小吊坠的风铃，一个放到了自己的耳边，一个递给胡心水。

胡心水学着他的样子，将风铃放到耳边。

她差点惊叫起来，姚公子仿佛就在她耳边说话！

“那位姑娘必是妖怪无疑。那姑娘自称是落阳城人，可是我在落阳城从来不知道有这么好看的姑娘。跟着那位姑娘的人是操控师，我看过他的手了，虽然修复过，但有新伤。”姚公子对他的下人说道。

胡心水没听到之前他们说了什么，可能是对于她的身份已经做过一番讨论。

下人沉默不语，似乎在思考对策。

姚公子继续说道：“父亲病重，需要九十九个妖怪的妖气才能让他延续生命。我们已经捉了九十八个，就差这一个了。”

胡心水大为惊讶，原来姚公子是在给他父亲捉拿妖怪治病。

豁影放下风铃，也将胡心水的风铃拿下，然后悄悄说道："姚家操控师之所以能操控巨大的傀儡，就是借助了妖力。"

其实豁影不说，胡心水也大概能知道。师父说过，何为妖？异于常人也。何为怪？物老为怪也。

姚家操控师不是妖怪出身，能做出异于常人的事情，就必须借助于妖怪之力。

胡心水见下人开口说话了，赶紧重新将风铃放在耳边。

下人说道："一个操控师面对一个好看的、身份可疑的姑娘，却不操控她，确实值得怀疑。但是，少爷，你就这么肯定她是妖怪吗？"

姚公子自信地说道："阿丙，你仔细看她的脸没有？"

下人皱眉头："少爷，我对漂亮姑娘不是很感兴趣。"

姚公子气得扭了头，说道："这次我是说真的！我看到她的脸好像……刚刚剥开的鸡蛋一样嫩……"

胡心水不禁摸了摸自己的脸。

下人道："少爷，你能不能认真一点儿……"

"我知道！我知道！我的意思是，她的脸太新了！常人活到这个年龄，哪怕再漂亮，也不会给我这种崭新的感觉。你知道我的意思吗？我的眼睛可以辨别很细微的东西，就像辨别操控师的伤口一样。"姚公子着急地说道。

"你的意思是……她才换了这张脸，所以你怀疑她是妖怪幻化成人形不久？"

姚公子用力地挥拳："对的！焕然一新的脸！不出意外的话，只有妖怪变化时才能做到！纵然有皮囊师给人换皮削骨，但也只有部分新意。"

胡心水想起纸脸掉落的情形。

这姚公子的眼睛果然厉害！

姚公子说道："整个落阳城，除了我父亲之外，就你操控巨型傀儡的能力最强。那个操控师和姑娘，你要操控的话太简单了。今晚你就将他们控制，明天带到落阳城去！"

下人道："少爷不必着急，重若千钧、身高百尺的傀儡我都能轻易操控，要操控这两个名不见经传的人，那是轻而易举的事情。不过这里是北上去落阳城的必经之路，这家旅店有不少其他贵客。我们还是等他们睡着了再动手，免得惊了其他客房的客人。"

姚公子不以为然道："就是惊动了贵客，那又如何？"

下人又道："少爷，你说那位姑娘的脸未曾经历风霜，那你想过没有，什么人能不经历风霜而存活到现在？"

姚公子问道："什么人？"

"必定是被其他高人保护的人。若不是有周全的保护，没有谁能不经历一点儿风霜就能在现世安安稳稳。"

姚公子略作思忖，点头道："阿丙说得有理。那就等他们睡着了再动手，以防万一。"

下人抬手扶着额头，露出痛苦的表情。

姚公子忙问道：“你怎么了？头疼又犯了吗？”

下人摆摆手，呼出一口气，说道：“听你说那位姑娘的脸是崭新的，我的头里面又开始疼了。刚刚说到必定是被其他高人保护的人，我的头就疼得更厉害了。”

“怎么会这样？”姚公子担忧地问道。

下人忽然抓住姚公子的手，好像想起了什么了不得的事情。他愣了一会儿神，说道：“我好像在哪里见过她！”

这句话把胡心水吓了一跳。

豁影转头看了胡心水一眼。

“不会吧？那你刚进店的时候怎么没有认出来？”姚公子问道。

下人抓住姚公子的手不放，说道：“可能不是我记得，而是别人记得。”

胡心水心里犯疑，什么叫作不是他记得，而是别人记得？

姚公子却迅速反应过来了：“莫非是你换过的皮或者骨带来的记忆？给你提供皮或者骨的人曾经见过那位姑娘？”

下人放开姚公子，揉着额头说道：“必定是这样的。我为了提高操控术，曾经移植过妖的皮肉骨。我想……被我们抓的妖或许见过那位姑娘。”

胡心水明白了，皮肉骨是带着记忆的。阿丙用过别人的皮肉骨，就会承载一部分不属于自己的记忆，像桃花娘那样。

姚公子催道：“那你赶紧想一想，记忆里都有什么事情。”

下人沉思许久。

窗外的豁影和胡心水都一动也不敢动，生怕错过下人后面要说的话。就连店里的灯火都静止了，好像它们也在偷听，好像它们也怕自己多动一下，地上的影子就会跟着动起来，就会惊扰到客房里的姚公子和阿丙。

“我的记忆是破碎的。我只用了妖的部分皮肉骨。”下人说道，“记忆里，她是和另一个人在一起的。她和那个人之间有操控线相连。但是……”

“但是什么？”姚公子凑近他，着急而又担心地打断他的记忆。

“但是……我分不清她和那个人谁是操控师，谁是傀儡。”下人的表情越来越痛苦。

“怎么可能？你再看仔细一点！”姚公子瞪着眼睛，恨不能自己帮下人看。

“他们……好像都是操控师，又都是傀儡……”下人的额头开始冒汗。

胡心水想象着自己被一个看不清脸的人操控的样子。她忍不住摸了摸自己的手腕。红点所在的地方有些痒，好像有什么东西要从皮下钻出来。

“他们在什么地方？在干什么？”姚公子追问道。

下人额头上的汗越来越多，流到了脸颊。

“他们……好像是在落阳城……不过跟现在的落阳城好像有些不同……他们……哇……好美的烟花……我从没见过这么美的烟花！”下人微微抬起头，仿佛房顶上绽开了美丽的烟花。

“看烟花？五百多年前？我听父亲说，五百多年前的落阳城有过一次绚烂的烟花盛会。”姚公子脸色煞白。

听到阿丙和姚公子的对话，胡心水浑身战栗，手腕有红点的地方如被香火烫了一般疼痛。

她脑海里浮现出烟花缓缓升空，最后在夜空中绽放的样子。她听到了“刺啦刺啦”燃烧爆炸的声音，她闻到了空气中弥漫的烟火的味道。她感到了心中有莫名其妙的欢喜。

可她清楚地记得自己从未看过烟花，没有听到过烟花爆炸的声音，也没有闻到过烟火弥漫的味道。她更不明白那种莫名其妙的欢喜从何而来。

“烟花转瞬即逝，但它又从未消逝。”

她忽然听到身边有人说出这样一句话，声音不是豁影的。

她吓了一跳，以为躲在这里偷看姚公子的行为被店里其他人发现了。

转过头来，她却看到了师父的脸。师父正仰着头，看着虚无的上空，眼睛里五颜六色，那是烟花散发的光芒。师父的脸上挂着笑意，淡淡的，像是蜻蜓掠过的水面。

“是吗？”她愣愣地说道。

“是啊。它很快就消逝了，但是一直在我心里。谢谢你，师父，谢谢你带我来看这么美丽的烟花。”师父说道。

她有些弄不清状况。师父怎么叫我为师父？明明他才是我的师父啊！我这是在做梦吗？

她看到师父身后居然有红线！她忍不住低头看了看自己的手。

无数红线缠绕在她的手指上，像是从池塘里捞起了一串怪异的水草。

我怎么会操控师父？她惊讶得张开了嘴。

“喂，喂，你怎么走神了？”豁影的声音响起。

胡心水眼前的师父忽然变成了豁影。豁影摘下了风铃，用手在她眼前晃来晃去。

“你是不是太困了？”豁影问道。

胡心水担心刚才不自觉说的话会被风铃传到纸人那里去，好在她的手已经不自觉地滑下了脸颊。

她摊开手，看着手里的风铃，松了一口气。再向客房里的纸人看去时，她忽然有了一个奇怪的想法。

我能不能操控纸人？她心想道。

接着，她握紧了风铃。她手里的风铃也是系着棉线的，棉线连接着客房里的纸人。她尝试着轻轻拽了一下手中的棉线。

豁影顿时目瞪口呆！

纸人居然开始往回走。而豁影没有让它回来的意思。

再快一点！胡心水暗暗催促纸人。

纸人居然走得越来越快。

豁影发现胡心水眼睛看着纸人，手指在做牵引的动作。

“你……你……骗我？”豁影既惊讶又羞怒。他认为胡心水一直在骗他。

这时，由于纸人跑得太快，一不小心撞在了窗棂上，发出“叮”的一声响。

姚公子立即朝窗户这边看来。阿丙毫不犹豫地纵身一跃，破窗而出，稳稳当当地落在豁影和胡心水的面前。

豁影见势不妙，立即甩出手中的风铃，风铃的线精准地撞在阿丙的脚踝上，风铃拐了弯，带着线绕着阿丙的脚踝绕了好几圈。

“想要操控我？任你操控术再高明，蚂蚁还能操控大象不成？！”阿丙一抬腿，不能承受多少重量的棉线居然拽着豁影飞起来，摔在了墙上。

紧接着，阿丙左手甩出无数操控线，像江上的渔翁撒网捕鱼一样，将豁影“网”住了。阿丙手指一动，豁影就乖乖地站了起来，又乖乖地跪在了地上，膝盖撞得地面发出沉闷的声音。

只是一瞬间，豁影就成了阿丙操控的傀儡。

“本想等你们睡着，没想到你们倒等不及了。”阿丙轻蔑地说道。

旅店掌柜的听到楼上的声音，赶紧跑了上来，见了阿丙，吓得懦弱地说道：“原来是您，声音可否小些，免得打扰到其他贵客？”

阿丙喝了声：“滚！”

掌柜的屁颠屁颠地下楼去了。

姚公子从客房里走了出来，对胡心水说道：“姑娘，你乖乖束手就擒吧。我不想打女人。”

阿丙大声道：“何须劳烦少爷？我来就是了。”

说完，阿丙右手又甩出无数操控线。

胡心水看到操控线劈头盖脸地向她而来。她往后撤了一步，可是无法避开那么多的操控线，那些线落在了她的头上、肩上、身上。

她瞥了一眼豁影，看到豁影的眼睛里原本有一道光，但瞬间熄灭了。那是绝望的表现。

她的眼前浮现出师父的影像，师父正直愣愣地盯着她看。她看到师父的眼睛里有一道光，仿佛有个极小的人在师父的眼睛里点亮了一盏灯笼。

她侧头看了看自己的肩膀，肩膀上有许许多多的红线。

“你要操控我？”她小声地问道。

师父摇摇头，同样小声地说道：“不，我操控不了你。”师父声音那么小，好像不想让旁边的姚公子和阿丙听到，也不想让豁影听到。

“那这些线……”胡心水忍不住抬起手去摸那些线。

“这些线是用来迷惑世人目光的，让他们以为我在操控你，或者你在操控我。让他们分不清是你在操控我，还是我在操控你。然而……事实上，我们谁也没有操控谁。我们也不知道谁是操控师，谁是傀儡。当然，最初是你造就了我。”师父轻声说道，虽然隔着一点距离，却仿佛在耳边倾诉。

胡心水摸那些线的时候，线如搭在肩头的柔发一般滑了下去。线并没有连接在她身上的任何一处。

“你之所以成为最强的操控师，是因为你知道，这些有形的线是无法真正操控另一个人的。当你知道这一点的时候，你只要不愿意被操控，就能避开其他操控师的操控。”师父缓缓收线，仿佛要收起无数的风筝。

“你也太蔑视我了！居然不挣扎一下？”阿丙的声音让胡心水回过神来。

姚公子得意道：“她应该是害怕了，听了我的话。”

阿丙将信将疑道：“是吗？”然后，他将五个张开的手指往回缩。

手指还没有完全缩回，阿丙的脸色就变得不好看了。接着，他的手指抖抖瑟瑟。

姚公子很快就看出了问题。他扭头，不敢置信地看着站在那里一动不动神态自若的胡心水。

阿丙不相信眼前的一切，他猛地一拽操控线，试图将胡心水拽过来。可是胡心水身上的操控线纷纷滑落，拖在了地上。

“阿丙……”姚公子喊了一声。

阿丙看着姚公子，面面相觑。

良久，阿丙的喉结滚动，然后他说道：“我竟然操控不了这位姑娘！”

胡心水也惊讶不已。对她来说，刚才的一幕就像是一块石头飞了过来，想都不用想就会躲避一样自然。

豁影眼睛一亮。

“你怎么会避开我的操控？”阿丙咬牙问道。

胡心水回答道：“因为我不想被你操控。”

“你到底是什么人？要说你是操控术在我之上的操控师，可你的手上没有任何操控留下的痕迹。”阿丙问道。

胡心水抬起手来，看了看自己的手，说道：“可能是因为我也不想操控任何人吧。”

阿丙皱起眉头，思索道：“不想被操控，又不想操控任何人？我好像在哪里听到过这样的话……你不会就是五百多年前的那个……”

“谁？五百多年前的谁？”胡心水迫不及待地问道。她太想知道自己的本来面目了。

阿丙忽然眼珠子一转，笑道：“没想到你已经忘记自己是谁了。难道你也使用过皮囊术？可是……我看你也没有什么变化啊，怎么会忘记以前的事情呢？”

胡心水着急了，从地上抓起一把操控线。

阿丙顿时四肢乱抖，脖子也歪了。

姚公子慌了，问胡心水道：“你……你不是不想操控任何人吗？你怎么操控了阿丙？”

胡心水不搭理姚公子，眼睛直直地盯着阿丙，说道：“快告诉我，你以前在哪里看到过我？我叫什么名字？是人还是妖怪？”

地上还有很多线，阿丙没有完全被控制。他笑了。

“你笑什么？”胡心水问道。

阿丙笑得弯了腰，上气不接下气地说道：“我就知道你不能完全操控我。你若是完全操控我，那么我说的话也受你控制。你就听不到我要说的话了。被操控的人是不会说出心里话的。五百多年前的事情，现在还有什么人能记得？恐怕就我这种恰巧用过妖怪的皮肉骨的人还有些记忆吧？”

阿丙被胡心水操控了，豁影便获得了自由。

豁影走到阿丙面前，怒道：“那你赶紧告诉她！”

阿丙又大笑起来，笑了好一会儿才说道：“操控师的可怜之处就在这里，可以操控一切，却得不到一句别人的真心话。我是不会告诉你的，如果告诉你了，我就任由你操控了。我不告诉你，你想要真实的答案，反而不能任意操控我。对不对？”

胡心水被激怒了，咬了咬嘴唇，手指舞动。

阿丙冲到破了的窗户旁，拾起一根断了的窗棂，将尖锐的一端对准自己的脖子。

“阿丙，不要……”姚公子大喊，话没说完，想起阿丙的动作是在胡心水的操控下做出的，又转身对着胡心水摇头，“求求你不要杀他。”

胡心水太想知道自己过去是什么样的存在，这个问题困惑了她数百年。她听不进姚公子的话，狠狠地对阿丙说道：“你别忘了，我可以让你杀死自己。”

这句话说完，胡心水耳朵里嗡嗡作响。

“我可以让你杀死自己。”这句话，她记得自己以前在什么时候说过。

师父又出现在她眼前，师父手里拿着一把长剑。师父身上和长剑身上都缠着许许多多的红线，师父就如一个木头人。

“我可以让你杀死自己，从此以后，我就不会把你当作那个人了。”胡心水听到自己的嘴里冒出这样的话，仿佛那些话不是她自己说出来的，仿佛她是被师父操控着说出了这样的话。

“当初我就不该去落阳城，不该找那位傀儡师，不该做出你这样的傀儡。”胡心水感觉自己并没有说话，但听到的仍然是她自己的声音。

师父将长剑放在了脖子前。剑刃上仿佛落了一层霜，白得让人心痛。剑刃渐渐挨着了脖子，血从那里渗了出来。

“不！”她大喊一声，扔掉了手中的线。她感觉这一声才是她自己喊出来的。

师父手中的长剑掉落。

师父的影子消失了。她看到阿丙手中的窗棂掉落，看到阿丙脸色煞白地坐了下来，惊魂未定。

她想起来了，她曾经想要杀掉师父，却在最后时刻放弃。

胡心水脑袋里嗡嗡作响，许多听过的和没有听过的声音在耳边响起，仿佛许多认识和不认识的人在耳边说话，说的话有些跟她相关，有些跟她不相关。

我为什么曾想杀掉师父？我不应该出现这样的念想啊！难道五百多年前送我到胡林山的就是师父？师父是知道我要杀掉他，反而将我杀掉，然后抹去我的记忆，再教我修炼的吗？胡心水越想越不明白。

师父是怕我知道这一切，才有意不告诉我，让我不知道自己的本来面目是什么的吗？胡心水越想越害怕。

她害怕她的猜想就是真相。

她想起在鹤临的村庄看到的那些如家畜的小矮人，难道我跟那些被取走皮肉骨的小矮人一样吗？

她脑袋一阵眩晕，几乎跌倒。

豁影看到胡心水难受的样子，急忙来到胡心水身边扶住她。

这时，旅店里忽然出现了潮水一样的士兵。许多持刀的士兵冲到了楼上来，将胡心水和豁影围住。

“少爷，属下来迟了。”一位领头的士兵在姚公子面前单膝跪下。

原来这里早就有许多士兵暗中保护姚公子。

胡心水并不惊讶。姚家就他一个儿子，姚大人必定派人暗中保护他。

阿丙见援兵来了，下巴抬得比刚才高多了，说道：“刚才不杀掉我，现在你想杀也杀不了了。从来只有我操控别人的份儿，没有别人操控我的份儿。你居然敢操控我！”

他转头对跪着的人说道：“阿丁，不把他们两人剁成肉酱，不足以解我心头之恨！”

阿丁下命令道：“兄弟们，听到没有？上！”

士兵们挥舞着武器一拥而上。

“快走！”豁影要将胡心水护在身后。可是四面八方都是士兵，他们根本没有地方可以走。

胡心水迅速抓起地上所有的操控线，跃身冲进潮水一般涌上来的士兵阵营里。

豁影想拉住她，伸手一抓，只抓到了一阵风。他看到胡心水像风一样在士兵的间隙里穿梭，看似有影，细看又无影。

士兵顿时乱作一团，想要挥刀砍，却怕砍到自己人。

阿丙见状，气得叫破了音大喊：“给我抓住她——”

阿丙话音刚落，就有十多个围在他身边的士兵将大刀架在了他的肩膀上。

“你们瞎了眼啦！”阿丙对着士兵怒吼。

在看到士兵身上的操控线后，阿丙沉默了，连愤怒的表情都收了起来。他嚅了嚅嘴，好像刚才什么都没有发生。

胡心水回到了豁影的身边。豁影看到她香汗淋漓，脸色通红。

“豁影，你的操控术还有待提升。”她拍了拍手，故作轻松地说道。

可是豁影看到她的手上到处都是被操控线割裂的伤。

豁影再看那些士兵，个个面目狰狞却动弹不得。操控线将他们每一个人缠绕，仿佛他们是被操控师忘记了许多年的木头傀儡，蜘蛛在他们身上走过，留下了蜘蛛网和岁月的痕迹。

豁影心服口服地向胡心水拱手，说道："我差得太远了。"

胡心水看了看被困住的士兵们，淡淡说道："比那场红色的雨，我还是差得太远了。"

豁影听不懂她说的什么，一脸的迷惑。

胡心水走到姚公子面前。姚公子虽然身上没有一根操控线，却被眼前的景象吓得怔住了，像是也被困住了一样。他看到胡心水走过来，身子依然僵住不动，只有眼珠子跟着胡心水转动。

胡心水说道："你真的很让我失望，我以为你是一个讨厌操控的人，因此我理解你。你看，我也不喜欢操控，但是偶尔迫不得已，必须做自己不喜欢的事情。你是为了你的父亲，也是迫不得已。但你想过没有，你为了自己逍遥自在，让你父亲继续去做本该由你接替的事情，不也是一种操控吗？"

说完，胡心水看了姚公子一眼。

姚公子双眼湿润。

胡心水却叹了口气，喃喃道："难怪师父说，身在世间，就难免操控和被操控。”

此时想起师父，她的心境已然与以前大有不同。她又想起了那些忘记过去的小矮人。

师父啊师父，你为何不对我说我的过去？是怕我像小矮人那样记起过去，与你反目成仇吗？

如果真是这样，你又该如何呢？胡心水在心里问自己。

她没有答案。

这时，姚公子哼笑了一声，说道：“我让你失望了吗？你有这样高超的操控术，比我们姚家操控术排行第二的阿丙还要高到不知道哪里去，所以你可以说不喜欢操控，不喜欢被操控。像我这样的废材，以前以为只要自己不喜欢就可以不去做，后来才明白，我连我们家任何一个有操控术的人都比不过，我有什么资格说不喜欢？我以前可以不顾不管姚家的任何事情，是因为我父亲的操控术在落阳城排行第一。如果我父亲不在了，我是没有资格说我既不想操控别人，也不想被别人操控的。你懂吗？”

胡心水愣住了。

“我若是不救我父亲，不仅仅我将大难临头，我们姚家所有人都会被皇后娘娘发配到苦寒之地，男的为奴，女的为青楼傀儡。我父亲原是那个被通缉的宰相的下属，皇后娘娘忌惮于我父亲的操控术，才没有对我们姚家动手。”

姚公子两眼通红。

阿丙长叹一口气。

胡心水沉默不语。

豁影轻声说道：“没想到名扬天下的巨型傀儡操控师也被皇后娘娘打压。我这次去落阳城，就是为了找她报仇。”

姚公子流着泪笑了起来，他对着豁影摇摇头：“皇后娘娘的仇人多了去了，没一个刺杀她成功的。就你这样，还想去落阳城找皇后娘娘报仇？要是你有这位姑娘一样的操控术，尚有三分可能。”

胡心水马上澄清道：“我去落阳城是看烟花的。”

姚公子笑得更加厉害，肩膀都抖了起来。

“你笑什么？”胡心水问道。

姚公子笑着回答道：“第一，冒着这么大风险去落阳城，就是为了看烟花？我没见过这样的人。第二，像我这种消息灵通的人，都从来没有听说过落阳城最近有什么烟花看。”

“落阳城没有烟花盛会？”胡心水不敢相信。师父说，这次烟花是五百年难得一见的。落阳城里应该早就传开了才是。

姚公子道：“如果你是真的要去看烟花，我劝你现在就可以回去了。”

胡心水摇头：“不，除了这件事，我还有两件事要办。”

“还有什么事？”姚公子问道。

“我答应了两个朋友。第一，我要找落阳城里一个名叫‘虫儿’的人。第二，我要找一个皮囊术高明且可以将人和树根分开的皮囊师。”

“虫儿？这个名字好熟悉。阿丙，我们家以前是不是有个名叫‘虫儿’的？”

姚公子的话让胡心水惊喜不已。

阿丙看了看脖子周围的刀，说道：“是的，少爷。因为她的父亲得罪了皇后娘娘，她的家被抄了。少爷见她可怜，无家可归，又长得国色天香，便将她收留。后来皇后娘娘想将她选入宫中，她不愿意伺候不共戴天的仇人，决定离开落阳城。临走前，她恳请少爷将名字刻在她的脸上，示意永远不会忘记少爷，永远是少爷的人。可是少爷将她自己的名字刻了上去，叫她永远不要忘掉自己是谁。”

阿丙的话超乎了胡心水的意料。

“‘虫儿’是她自己的名字？”胡心水问道。虫儿还以为那是她第一个主人的名字。

姚公子点头。

胡心水还是不相信，问道：“既然是你刻的名字，那你告诉我，你刻在了哪里？”

姚公子抬手，按在眉毛上方。

胡心水终于相信了。

“她现在还好吗？”姚公子关切地问道，连跟胡心水说话的语气都变得柔软了。

“还好，就是忘记了很多事情。她以为‘虫儿’是第一个主人的名字。”胡心水如实说道。

姚公子笑了，说道：“忘了好，那时候她总想着复仇。有些事情当你无法抵抗的时候，忘了是最好的选择。”

胡心水不禁心想，我忘记了五百多年前的一切，难道是知道自己跟师父的差距，因此选择了忘记吗？

姚公子继续说道：“你要做的第二件事情，我也可以帮你。我想，你的朋友是被种在了土里吧？那也是皇后娘娘常用的惩罚对手的手段。我可以帮你找来救你朋友的皮囊师。这样，你就不用去落阳城了。”

“不。我还是要去。”胡心水说道。

“还是要去？为什么？”姚公子问道。

“不管落阳城有没有烟花，我都要去看一看。”胡心水脑海里浮现出与师父一起看烟花的场景。纵然没有烟花，现在已经走到了这里，何不故地重游一次？或许会勾起其他的记忆呢？

姚公子道：“你若是坚持要去落阳城，就得放了我们，并且听从于我。”

胡心水想了想，觉得姚公子说得对。如果不放过姚公子，她和豁影恐怕还没有进落阳城，就会被姚大人的人抓起来。

"我怎么能确定你不会再次抓我？"胡心水看了看那些被操控线困住的士兵。

姚公子道："你的朋友是要找皇后娘娘报仇的，我又害怕父亲过世后皇后娘娘迫害我们姚家人。因此，我们有共同的敌人。这么算来，我们应该是朋友才对。不是吗？"

胡心水觉得有理，走到阿丁面前，将他身后的一根操控线解开。那根线一开，所有的操控线都随之松了。

士兵们纷纷扯开操控线，从中挣脱出来。

阿丁指着豁影说道："少爷，此人是皇后娘娘通缉的人，我们带着他去落阳城，会让皇后娘娘怪罪的！"随后，阿丁从腰间抽出一个画卷。撑开画卷，画卷上是豁影的画像。

姚公子将画卷接了过去，细细端详。

阿丁在旁说道："这里都是我们自己的人，没人说出去。但是落阳城里已经张贴了他的通缉令，看过通缉令的人都能认出他来。"

姚公子收起画卷，笑道："这还不简单？进城之前，先找个皮囊师来，将他的容貌改一改。这样的话，就没有人能认出来了。快去请一位技艺高超且可靠的皮囊师来，在明天出发之前，就要将这位朋友的容貌改得跟画像上不一样。"

阿丁领命，带着其他士兵退出了旅店。

旅店老板这才跑了过来，跪在地上给姚公子磕头，哆哆嗦嗦道："是小的照顾不周，惊着您了！小的该死！"

姚公子道："与你无关，下去吧。"

老板又抖抖瑟瑟地退下了。

姚公子领着他们回了客房，然后说道："姑娘，从明天起，还得委屈你。"

胡心水问道："为何？"

姚公子道："因为你长得好看，进了落阳城，恐怕会引起注意。若是贸然进城，必然有许多人怀疑。像你这么好看的姑娘，不是权贵人家的千金，就是万花楼的傀儡，并且是排行在前的花魁。说句实话，你比你的朋友更容易暴露。"他摇摇头，作思索状，然后问道，"我都怀疑你是怎么走到这里来的。"

胡心水摸了摸脸，更加深刻地明白了师父给她脸上贴纸的意义所在。

"你的意思是……"胡心水问道。

姚公子道："所以说还得委屈你，委屈你做一次傀儡。别人看到你身边有操控师，就不会怀疑了。"

"不！不行！"她不想被操控。或者说，此时此刻的她恐惧被操控。她觉得自己极可能是在被师父操控的情况下割去了皮肉骨，从而忘记了许许多多的事情。

另外，她知道自己虽然可以避开阿丙这样的操控师的操控，但是一旦接受了被别人操控，想要再摆脱操控可就非常非常难了。就如一个人本可以避免被绑住，但是一旦让人给绑了，想要再挣脱出来，那就难了。

她曾问过师父："师父何必躲在这种荒无人烟的胡林山？以师父的修为，即使有人操控师父，师父也可以轻易摆脱的吧？"

师父说："有些操控容易摆脱，有些操控一旦有了，就难摆脱。即使躲到天涯海角，老林深山，也会牵肠挂肚，成为断肠人。"

阿丙不满道："我家少爷是为了你好，你居然不领情？"

姚公子抬手制止阿丙，转而对胡心水说道："你的心情我理解。我也曾是讨厌操控的人。这样吧，你就假装是被我操控的人。落阳城里的人都知道我是纨绔子弟，不学无术。现在我父亲不行了，我要担起责任来，开始学习操控术，并且先用正常人做练手的傀儡，这在常人看来也是情理之中的事情。这样的话，你既不被操控，又能掩饰身份。并且，只要我父亲尚在，我们姚家的人还是没有几个人敢动的。这样你也能保证自身安全。你说如何？"

不等胡心水回答，豁影急忙替她回答了："这可以。"

胡心水想了想，确实没有比这个更好的选择了，于是点点头。

姚公子这时略显疲惫，懒懒地说道："嗯，那今晚大家都好好休息。明天一大早给他修整一下容貌，我们就可以往落阳城去了。”

胡心水和豁影回到自己的客房。这边客房有两间睡房，分别给主仆两人住的。但是豁影不肯去睡，坚持要守在胡心水这边的门口，他担心晚上还会有什么变故。

胡心水打趣道：“就你那点操控术，还用得着操心我吗？快去休息吧。”

豁影还是不听。

胡心水只好又抽了一些棉线出来，然后将豁影拆剩的风铃系在棉线上，后在门口两边挂住。

“若是有人进来，碰到棉线，风铃就会响。这下你可以去休息了吧？”胡心水说道。

豁影挠挠头，这才离开。

一夜风铃没响。

第二天早上起来，胡心水看到一个陌生人站在睡房的门外，吓了一跳。

正想着那人是怎么进来的，她就听到豁影的声音响起。

“哈哈哈，你是不是认不出我了？”那个陌生人说道。

胡心水愣愣地看着那人，不发一声。

那人笑了笑，说道：“我就是豁影啊。一大早姚公子请的皮囊师就来了，我给他们开了门。皮囊师在我脸上揉捏了一会儿，就说可以了。我想让你看看是不是真的认不出来了。”他一面说着，一面在自己的脸上摸了又摸。

“天哪，我终于知道我脸上的纸掉落的时候，你为什么那么惊讶了。真是不敢相信！”胡心水勉强在他的脸上看到了一些豁影的影子。

豁影道：“我们得快点收拾一下，姚公子已经等着我们了。”

胡心水心生愧疚。在胡林山的时候，她都是睡到自然醒来才起床。师父从没有催过她，所以她习惯了晚起。

她简单收拾完毕，便与这个陌生面孔的豁影一起去隔壁客房。

果不其然，姚公子和阿丙已经坐在客厅里等着了。

姚公子看了看豁影，问胡心水道：“早上认出来没有？”

胡心水道：“几乎认不出来。这让我感觉他是你这边的人，原来的豁影不见了。”

姚公子大笑。

阿丙道：“没想到姑娘这么会说笑！落阳城里有很多很多人以皮囊之术改变容貌，变得漂亮，永葆青春。这么说来，落阳城里也有大半人不见了！”

姚公子点点头，说道：“若是你能看到烟花，他也能为家人报仇，到时候我再让皮囊师将他的容貌恢复就是了。哦，对了，今天出了这扇门，你就要假装是我的傀儡了，我让你如何，你最好就如何。”

胡心水还是有些不情愿，但事已至此，已经没有回旋的余地。

阿丙催促道：“走吧。阿丁已经备好车马，在店外候着了，我们还有很长的路要走。”

胡心水跟着姚公子他们从旅店出来，看到外面有一队骑兵在等候他们。骑兵的最前头有一辆马车，还有几匹驮着箱子的马。

姚公子对胡心水道：“你就坐马车吧。其他人跟我一起骑马。”

阿丙道：“本来我们没有预备马车的，好在旅店有旧马车，路上会颠簸一点，还请姑娘见谅！”

胡心水道：“有马车就不错了，我该谢谢你们照顾才是。”

胡心水上了马车，队伍就开始行进。

姚公子他们的马跑得很快，马车的速度也不慢。胡心水虽然觉得颠簸，但总比自己走路要好得多。

傍晚时分，他们终于到了落阳城外。

胡心水掀开车帘，看到前方矗立着雄伟的城楼。城楼上已经挂起了大灯笼，城楼下也有许多的火把。

队伍停了下来，姚公子走到马车前，对胡心水说道：“姑娘，我得跟你一起坐马车了。无论那些守城的人问你什么，你都不要回答。”

胡心水点头。

姚公子上了马车，他们继续往城门方向前进。

到了城门口，守城的士兵将他们拦住。

阿丙威严地喝道：“瞎了狗眼，不知道我们是什么人吗？”

胡心水不能探头去看，只能坐在昏暗的马车里等待。她瞥了一眼坐在她对面的姚公子。姚公子端坐着，闭目养神，仿佛此事与他无关。

她听到守城的士兵回答道：“小的自然认得大人！只是皇后娘娘严苛，命小的不可放任何一个可疑的人进来。请问这马车上坐的是什么人？”

阿丙不耐烦道：“还能是谁？当然是姚家少爷！”

守城的士兵身上的盔甲“咔”的一声响：“小的还得看看才能放行！如有冒犯，还请包涵！”

胡心水猜测那“咔”的响声是守城的士兵给阿丙或者对着马车施礼的时候发出的。守城士兵的态度如此坚决，可见皇后娘娘早就防备有人报复她了。这守城的士兵便是皇后娘娘的第一道盔甲。

接着，胡心水看到一个士兵用长枪挑起了马车前面的布帘，晃了晃手中的火把，借着火把的光往马车里面看。

胡心水立即紧绷了身子。

她看到姚公子还是闭目端坐，似乎不被这位鲁莽的士兵所打扰。

“这马车上的另一位是谁？”守城的士兵质问道。

姚公子还是一动不动，如一尊雕像。

阿丙代替他回答道：“这是少爷收来练手的傀儡。姚老爷重病在床，特意交代我们去给少爷找个合手的傀儡来练习操控术，好继续为朝廷效力！”

守城的士兵犹豫不定。

胡心水忐忑起来。要是守城的士兵不让她进城，那烟花不管是不是真的，她都看不成了。

守城的士兵回过头，跟其他举着火把的守城士兵耳语了几句。

阿丙急了，大喊道：“快给我让开！”

守城的士兵转过头来，冷冷地说道：“姚家的人小的得罪不起，可是皇后娘娘有懿旨，小的要是放错了，脑袋就会掉下来。姚公子从未操控过傀儡，落阳城尽人皆知，小的不敢贸然放行。马车上的人如果是姚公子练习操控术的傀儡，还请姚公子操控傀儡给小的们看一看。小的不才，但是守卫城门多年，操控术是真是假，还是看得出来的。若这马车上的人真是姚公子的傀儡，小的自然放行。”

胡心水听了这话，不免心中慌乱。她没想到金紫光禄大夫的人马进个城门都如此艰难。而她早就跟姚公子说过，她绝对不能接受被他操控。

此时若是姚公子非得在守城士兵面前操控她才能过去，而姚公子之前倘若隐藏了操控术，他会不会借此机会控制自己？此是其一。其二，守城士兵要检验姚公子的操控术，倘若姚公子实际上完全不会操控术，若是在守城士兵面前演示，定然会露出破绽。

不管姚公子是真不会还是假不会操控术，都不是一件好事。胡心水顿时如坐针毡。

阿丙驱马过来，说道："我们少爷来得匆忙，没有准备操控线。你若是要看，就来姚府看吧。"

胡心水知道阿丙这么说是在吓唬守城的士兵。一个小小的守城士兵，怎么敢跟着去姚府，在姚府要求姚家少爷演示操控术给他看？

这个守城的士兵也机灵得很，冷冷地笑了笑，说道："大人说笑了。我一个小小的守门卒子，哪敢去姚府？操控线没有准备，我这里倒是有从其他想要混进城里的操控师那里收缴来的操控线。"说完，他从身后掏出一把线，扔进了马车里。

"还要辛苦姚公子给我们证明这就是您的傀儡。"那位士兵拱手道。

姚公子终于睁开了眼睛，看着扔在脚前的操控线，又偷偷瞥了对面的胡心水一眼，然后朝阿丙使了一个眼色。

阿丙气得拔出剑来，将马车的帘子打了下来，喝道："我家老爷不过是抱病在身而已，你们就敢骑到我家少爷头上来了！"

马车里顿时又暗了下来。

其他的守城士兵立即围了上来，两方兵戎相见。

"吵什么呢？不就是要看看我拙劣的操控术，好让我出丑吗？"姚公子的声音从马车里传来。

两方僵持，互不相让。

接着，守城的士兵看到姚公子将马车的帘子重新打开。姚公子的手里握着刚才扔进去的操控线。在姚公子的身后，那位姑娘弯着腰从马车篷里走了出来，动作略微僵硬且无力，仿佛是生了病的人。操控线连接在那位姑娘的身上各处，连接的位置有些乱，操控线也胡乱交叉，让人担心她多走几步就会让身后的线打结。

姚公子用力一拽操控线，那位姑娘倒退着踉踉跄跄回到了马车篷里。

一个守城的士兵窃窃道："姚公子的操控术果然不行，哪有让傀儡倒着走的？正常的傀儡不都是转身走回去吗？"

姚公子惨然一笑："还不是因为我学艺不精，这下你们可以笑话我了吧？"

坐在马上的阿丙惊讶不已，不敢相信相伴多年的姚公子突然会操控傀儡了，还是一个连他都操控不了的傀儡！不，应该说，还是一个连他这个姚家操控术排行第二的人都望尘莫及的操控师！

守城的士兵见姚公子使用了操控术，立即半跪在地，说道："小的哪敢笑话姚公子，小的职责在身，还请姚公子见谅！"

姚公子摆摆手："既然是皇后娘娘的命令，我又哪敢不谅解？"

守城的士兵这才让开一条道来。

姚公子放下了帘子。

前面的车夫挥舞鞭子，"啪"的一声响，拉车的马重新起步。

阿丙他们紧跟着进了落阳城。

胡心水这才放下心来，大口喘气。

姚公子斜了她一眼，微笑道："不愧为高手，把我当作傀儡，却让我做出操控师的动作，自己是操控者，却能做出被操控的假象。我见过的操控师也不少了，却第一回见操控如此高明且不露丝毫破绽的操控师！"

胡心水自己也非常惊讶。刚才帘子掉下的时候，她几乎想都没想，就将操控线拿了起来，将姚公子当作傀儡操控起来。为了不让守城士兵怀疑，她操控姚公子做出主动操控她的样子，而且通过操控他，使得他再反过来操控她自己。

“你太让我惊讶了，我在旅店那里第一次见到你的时候，十分确定你以前是不会操控术的。我不会看错。可是……可是你现在……”姚公子用手挡住嘴巴。

胡心水却不像姚公子那样迷茫。她刚才操控姚公子的时候，脑海里又浮现出师父和她在一起的记忆。师父正抬起双手给她梳头。师父与她之间有许多若有若无的细线。那些细线发出微弱的光，仿佛粼粼水面上才有的光。她看到那些发光的线连接在自己的指间。她仰起头来看着师父，不知道师父梳头的动作是师父主动的，还是在她操控下的行为。

凭着这微薄的记忆，她用类似的方法操控着姚公子在守城士兵面前做出动作，发出他自己的声音。

这么做的时候，她并没有什么把握。要不是实在无路可退，她也不会这么做。

可是结果让她自己都惊讶。她做得天衣无缝，仿佛她本就是这样高明的操控师。

她手腕处又如被香火烫了一般疼了起来。

姚公子以手掩住嘴，说道：“只有一种可能，那就是，你本就是出类拔萃的操控师，有着炉火纯青的操控术，只是你自己不知道而已。可是……这种可能……怎么会有这种可能？”

进了城门之后，马车平稳了许多，车轮不再发出吱呀吱呀的声音。师父说过，落阳城的路是青石铺就的，不像落阳城外的道路一样坑坑洼洼。

胡心水想起豁影也跟着进来了，心中一惊。

“你把豁影杀了？”胡心水眼睛盯着姚公子问道。

姚公子被她突然这样一问，愣了片刻，然后眼神闪烁地回答道：“豁影……不是骑马跟在马车后面吗？”

胡心水仍然盯着他，说道：“守城的士兵连你的傀儡都不轻易放过，又怎么会放过其他面生的人？”

第九章
傀儡师

姚公子见隐瞒不住了，尴尬地笑道：“看来瞒不过姑娘啊。姑娘别急，你也看到了，这落阳城戒备森严。你还可以假装是我的傀儡，还差点被守城士兵看破。你那个伙伴只能委屈委屈，暂时藏起来。等到了安全的地方，我自然会放他出来。”

胡心水不屑一顾道：“自然会放他出来？要不是我看出那个人不对，恐怕回到所谓安全的地方之后，豁影就会被你们分割吧？我告诉你，要是明天我见不到他，或者见到的不是他……还有，要是见到的不是完整的他，我是不会放过你的！”

此话说完，胡心水自己心里咯噔了一下。这落阳城看来真不是一般人能进来的。今天相见的人，明天再见就不知道是不是原来那个人了。弱者稍有不慎，身上的皮肉骨就会被人分割，不知去向。

这落阳城简直是虎口，简直是狼窝！

她心中原本存在美好印象的落阳城，在这一瞬间土崩瓦解，灰飞烟灭。

马车再次停下来。外面阿丙的声音响起：“少爷，到了！”

姚公子拽了拽手中的操控线，小声说道：“又要委屈你了。”

胡心水跟着姚公子走下马车。

姚府大门里早就有一个仆人快步走了过来，将一件长裘披在姚公子身上。

胡心水抬头看了看，月悬高空，仿佛比以前离人间要更远一些。风有凉意，仿佛比别处的夜风要冷一些。

“这位是……”给姚公子披长裘的仆人看见胡心水，有些疑惑。

“新买的傀儡。”姚公子立即说道。

胡心水看得出姚公子对这位仆人有些戒备。

“哦……”仆人瞄了一下胡心水，眼睛里发出老鼠才有的光芒。

“练手而已。”姚公子补充道。

下马车的时候，胡心水就故意走得有些僵硬，表情木讷。

“还挺好的，少爷不会是……”仆人又说道。

姚公子勉强一笑：“你还不知道我吗？当然要选好看的买，才有兴趣学一学无聊的操控术啊。”说完，他打了一个长长的哈欠。

胡心水看出，姚公子那个哈欠也是装出来的。

仆人弯腰说道：“少爷困了，快回房里歇息！”

姚公子领着胡心水上了台阶。

阿丙和其他人纷纷下马。

姚公子一只脚跨过门槛，忽然回头，对阿丙说道：“那些行李箱搬到我的房间里来，别让那些小厮插手，免得磕碰坏了。”

阿丙立刻招呼一同回来的人去搬马背上的箱子。

胡心水能听出来，箱子里恐怕有什么秘密，姚公子必须用自己的人来搬才放心，免得被其他人发现异常。

这么说来，豁影是被装在箱子里了。胡心水心想。

姚公子见阿丙他们亲手搬起了箱子，这才将另一只脚跨过门槛。

胡心水跟着跨进了姚府。

进了大门，绕过一面巨大的屏风墙，胡心水被眼前的一幕惊呆了！

一个巨大的傀儡站在前方，手执一支巨大的长矛，正在缓缓地来回走动。傀儡光着脚，所以没有发出巨大的脚步声。

傀儡身上的铠甲每一片都如一扇门窗那么大。铠甲在傀儡走动时相互碰撞，发出悦耳的金属声，仿佛钟乐齐鸣。

这就是传闻中只有姚家操控术才能操控的巨型傀儡吗？难怪皇后娘娘都要忌惮姚家老爷三分！胡心水心中惊叹。

姚公子对这巨型傀儡已是司空见惯，走了好几步，发现自己被操控线拽住了，这才发现胡心水站在那里眼巴巴地看着巨型傀儡。

胡心水将头仰得不能再抬高的时候，才看到这个巨型傀儡居然没有头！偶尔有几只夜空飞翔的鸟栖息在傀儡的肩膀上，呀呀地叫，空灵而悠远。

胡心水问道："他怎么没有头？"

姚公子道："被操控的傀儡本来就不需要头，要头干什么？父亲嫌他的头太大，影响操控，就砍掉了。"

胡心水心里一阵悲凉。是啊，被操控的人，被操控的人生，都是不需要脑袋的。脑袋成了摆设，成了累赘。烟花巷那些好看的姑娘，是因为脸蛋好看才被烟花巷的店主留着的吧？

"走吧。皇后娘娘的眼线到处都是，别让人看出来你不是傀儡。"姚公子不安地催促道。

胡心水叹了口气，跟着姚公子继续往里面走。

他们绕过了那个巨型傀儡，走到一座高大的房子前。胡心水看到房顶上有许多手腕粗细的线，线的另一端连接在那无头傀儡的身上。线随着无头傀儡的移动变得放松或者紧绷。整座房子吱呀吱呀响，仿佛下一刻就要被那无头傀儡从地面拔起来。

房子门前有守卫的士兵，个个凶神恶煞一般。

胡心水暗想，莫非姚公子就住在这样的房子里？

姚公子领着她进了房子。她看到一位须发皆白的老人家正站在一个纺织机一样的东西前，不停地拉扯不同的线。

“父亲，我回来了。”姚公子大声道。

胡心水一惊。这位老人家就是豁影钦佩得五体投地的操控师、当朝三品大员金紫光禄大夫？

老人家似乎已经非常疲惫，他缓缓抬起眼皮，虚弱地看了姚公子一眼，咳嗽一声，说道：“你回来啦？”

老人家似乎连转动眼珠子都非常费力气。他意识到还有一人与姚公子一同进来的，眼珠子缓缓转动，好半天才对准了姚公子身后的胡心水。

胡心水想要施礼，可此时她要假装是姚公子的傀儡，不应该乱动，只好一动不动地站在原地。

“你也来啦？”老人家眼睛里掠过一丝光。

听到老人家这么说，胡心水非常惊讶。她是第一次来这里，老人家却似乎认得她，说出“你也来啦”这样的话。

姚公子小声对胡心水说道：“我父亲的身体大不如以前，耳朵也听不太清了，还常常认错人。他说什么，你应承就是了。”

胡心水心想，原来是这样。

她“嗯”了一声。

姚公子走到老人家身边，扶他从纺织机一样的东西前站起来，大声说道：“父亲，这是我从外面买来练手的傀儡。”

老人家好像没有听见姚公子的话，在他的搀扶下，颤颤巍巍地走到胡心水跟前，迟疑了片刻，然后问道：“你找到他的尸体没有？”

胡心水不知道老人家说的什么意思，求助地朝姚公子看了一眼。

姚公子小声道：“他总说胡话。”

这句话却被老人家听到了，老人家摸了摸白如银丝的长须，说道：“谁说胡话？上次这位姑娘来，我还记得呢。”

姚公子点头，大声道：“是，是。”

老人家又对胡心水说道：“我不是跟你说了吗？如果找不到，就找那个傀儡师，让他给你做个一模一样的！”

胡心水打了一个寒战。

老人家咂咂嘴，说道：“这人嘛，哪里分得清楚谁是谁？容貌一模一样就行了。马变成了牛的样子，就是牛。牛变成了马的样子，就是马。”

胡心水脑海里突然浮现出一幅诡异的画面。画面里烟雾缭绕，一个胖乎乎的，腰间系着皮裙的人站在她面前。那个人仿佛是铁匠铺打铁的师傅。他很矮，她要低了头才能看到他。那位师傅笑了起来，脸上散发着红光，说道："马变成了牛的样子，就是牛。牛变成了马的样子，就是马。灵魂都是一样的，穿了什么皮子，就会变成什么生灵。你要的傀儡在那里，看看是不是跟你要的一模一样？"他指了指旁边。

胡心水朝他指的方向看去，那里躺着她的师父。

师父脸上有一道伤口，血液从那里汩汩流出。

他伸出手在师父的脸上抹了一下，伤口不见了。

胡心水看着双目紧闭的师父，不禁悲从中来。手腕处又传来灼伤的疼痛感。

姚公子见胡心水忽然双眼含泪，忍不住着急又小声问道："姑娘，你这是怎么了？"

姚公子的声音将胡心水从记忆里拉了回来。

胡心水抹了抹眼角，问老人家道："马变成了牛的样子，就是牛？牛变成了马的样子，就是马？容貌一模一样的人，就没有区别吗？"

她说的声音不大，可是老人家听清楚了。他微微点头，慈祥地看着她，说道："相由心生。一个人的相貌如果跟另一个人一模一样，那么他的心思也是一样，行为也是一样。”

胡心水难以信服，反驳道：“天下那么多人通过皮囊术变成了别人的模样，那么多的人通过操控术做出了别人的动作，他们就变成了另外一个人吗？如果天下人都变成了一个模样，都做出相同的动作，天下人就变成了一个人吗？”

老人家艰难地摆摆手：“不，当然不。纵然皮囊术再高明，也不能让一个人跟另一个人长得完全一样。纵然操控术再高明，也不能让一个人跟另外一个人的行为完全相同。”

“不，我就遇到过这样的人。”胡心水说道。她记起来了，是她曾经去找落阳城最好的傀儡师，做出了现在的师父。师父本是她让傀儡师按照她心爱之人的容貌做出来的傀儡，她操控师父模仿心爱之人的举手投足，模仿心爱之人的一举一动。她想让师父成为与心爱之人一模一样的人。她成功了，师父无论是从外表，还是动作，以及语气，都成了她想让他成为的人。但是成功之后，她没有欣喜，却变得自责。因为她无法自制地爱上了这个傀儡，这个替代品。这个傀儡的一切都跟心爱之人没有区别，她如何能不爱上他？可是爱上他之后，她又对已经故去的心爱之人心生愧疚，为此寝食难安。她想要杀掉这个傀儡，这个替代品，可是每到关键时刻，她又下不了手。

是因为我的懦弱，让傀儡发觉了，让傀儡反而将我分割，并抹去记忆了吗？胡心水记不清后面发生的事情了。

老人家脸上挤出一丝笑意，那笑意有些凄凉，有些诡异。

“呵呵呵，因为那个人就是你要找的人。”老人家说道。

“什么意思？”胡心水没听懂。

老人家回到织布机一样的东西旁边坐下，说道：“那个人……知道自己命不久矣，就来拜托我和那位最有名的傀儡师帮助他，叫傀儡师在他被杀之后收走他的尸体，叫我在这里等你，然后指引你去找那位傀儡师。这样的话，他即使死了，还是能回到你身边。”

胡心水脑袋里嗡嗡地响，仿佛脑袋被人敲了一闷棍。

姚公子不明所以，挠头问道：“父亲，你在说什么胡话？我一句都听不懂。”

老人家盯着胡心水，露出古怪的笑容，目光中却透露出异样的欣慰，仿佛一件耽搁已久的事情终于办完了。

胡心水怔怔地说道：“这么说来，傀儡并不是仿照那个人做的，傀儡本就是那个人的身体？”

老人家点头。

“可是……那是五百多年前的事情了，您怎么会知道这些？”胡心水狐疑地问道。

老人家笑道：“因为姚家操控师需要妖力相助，我已两千多岁，还没有等到你来，便将皮肉骨割舍，用在了姚家老爷身上，记忆也就承载在姚家老爷这里，此后我又等了你五十年，终于今天等到你了。你上次来的时候，我忘了跟你说傀儡就是他，现在终于补上了，也算是不负朋友相托。我心愿已了，就此别过。”

说完，老人家脸上的笑容消失了。

老人家又缓缓转动眼珠，看到了胡心水，问姚公子道：“这就是你买来练手的傀儡？”

姚公子击掌道：“哎呀，父亲，你终于不说胡话了。”

胡心水知道，老人家身上存在了五十年的记忆消失了。老人家这种混乱的状态，她在桃花娘身上见过。

她本想问老人家身上的妖怪记忆，她找回傀儡之后，傀儡对她做了什么，导致她前事尽忘。后来一想，那妖怪若是知道后来发生了什么，就不会问她有没有找到傀儡的尸体了。

“你要学习操控术？”老人家惊讶地问姚公子，随即脸上露出不高兴的表情。

姚公子见父亲不高兴，说道：“是啊。父亲不是一直希望我好好学习操控术，将来继承姚家大业吗？”

老人家摆手摇头：“其他人都认为你应该继承我的事业，或者认为我希望你学习操控术，而不是无所事事。可是我从来没有希望你学习操控术。”

这话不但让姚公子惊讶，也让旁边的胡心水惊讶不已。

“儿啊，要是我希望你学习操控术，你能自由自在地浪荡到今天吗？我若是想要你成为操控师，就有一万种办法让你成为操控师。我之所以没有这样做，是因为我不想让你再走上我这条路。”老人家深情地说道。他的眼睛流露出悲伤，仿佛要流泪的样子，但是没有泪水流出来。

在胡心水看来，老人家的眼睛是干涸了的枯井。它的干涸，是因为之前流得太多，早已流尽了；或者是因为隐忍得太久，已经忘记了怎么流泪。

“儿啊，你操控了别人，就还有人想要操控你。纵然有再强的操控术，也在所难逃。哪怕是以权力操控天下人的皇上，又何尝不被天下人操控？前人说，水可载舟亦可覆舟，就是这样的意思。皇上操控天下人安分守己，天下人操控皇上不可逾规，要善、要孝、要公平、要君无戏言、要礼仪得体、要忠奸分明。我不想你被人操控，不想你做任何你不喜欢的事情，从而失去你喜欢的人生。”

姚公子瞠目结舌。

“我知道落阳城里人人说你不学无术、纨绔子弟，我却内心欣喜啊。你没有去害人，你做着你喜欢的事情。这是我幼年时期没有实现的梦想啊！如今我有能力撑起一片天，让别人无法轻易操控你，你怎么自己回到了操控和被操控的泥潭里呢？”

胡心水沉默地看着眼前的老人家，觉得老人家身上有师父的影子。师父的操控术无与伦比，却从不操控她。

可是，老人家这么做，是源于对姚公子的爱。师父这么做，是源于什么呢？

姚公子听了父亲的话，双膝一弯，扑通一下跪在了父亲面前，流泪道：“父亲！我若还不学习操控术，您若驾鹤西游了，皇后娘娘定会对我们家下手。我只有学好了操控术，才能像您一样撑起这个家！”

老人家摇摇头：“我让你自由，就是救你。你纵然有天赋，不到我这个年纪，也难修得我这样的操控术。既然修不到，你修得多一点或者少一点，对皇后娘娘来说都没有威慑作用，只起到生疑的作用。反而是你一点儿也不会，她才会对你完全放心，给你一条生路。”

姚公子哭道：“纵然如此。若是姚家败落，世人如何看我？他们不会说我对父亲不孝吗？不会说我对家人不爱吗？”

老人家忽然目光炯炯：“孝是什么？爱是什么？你真的懂吗？你对我的孝，应该源于我们日夜相处的父子之情，而不是继承和命令。你对家人的爱，应该源于亲人彼此给予的亲近之情，而不是约束和强迫。总而言之，孝和爱，都是在绝对自由互不控制的状态下，你对我的爱戴，你对其他人的亲近，如果没有自由，却有控制，那么，孝是假的，爱也是假的！”

胡心水听了老人家的话，为之震撼。

姚公子以袖拭脸，痛哭流涕。

老人家看着姚公子，无奈地摇头，然后伸出食指，在织布机一样的东西上横向一划。上面的操控线根根断开，发出一串琴弦绷断的刺耳声。

外面传来天崩地裂的声音。

胡心水往外面看去，只见那巨型无头傀儡扑倒在地，压坏了许多房子，惊叫声一片。

胡心水看明白了，老人家正是通过这个织布机一样的东西操控着外面的巨型无头傀儡。

老人家哀号道：“没想到你还是回到了操控术的世界，我支撑再久也无意义了。”

姚公子见父亲毁掉了操控巨型傀儡的机关，跪着挪过去抱住他的父亲，失声痛哭。

“我错了！父亲！我错了！”姚公子喊道。

胡心水走到机关旁边，将断掉的线一根一根地打结连上，说道：“姚老爷，您生气归生气，何必将您花费多年心血的操控机关毁掉？眼前也不是没有可以回旋的余地啊。”

机关上的操控线如断掉的藕中间的藕丝一般繁多而杂

乱，乍一看是分不清原来哪根与哪根连在一起的。

老人家见胡心水耐心地将那些断掉的线一根一根地连接，惊诧不已。

“姑娘，你这是干什么？这个机关我花了二十多年才制成。其中的线我都记不住哪根与哪根相连。你何必白费力气？”老人家张了半天嘴，才说出这样的话来。

姚公子也愣住了，忘记了哭泣。

胡心水没有回答老人家，她仔细地查看机关上密密麻麻的线，生怕接错了。

老人家见她不回答，转而问姚公子：“这不是你买来练手的傀儡吗？你现在就能操控她了？是你在操控她连接这些线？没用的，我自己都连接不好，你就别白费力气了。”

姚公子摇头。

不一会儿，一位下人脸色慌张地跑了进来，跪在地上，说道：“老爷！不好了！您的傀儡倒下了！”

老人家惊讶地看着胡心水，没有搭理那个吓得抖抖瑟瑟的下人。

老人家从胡心水的动作中看得出来，这位姑娘不是在盲目地乱接线，而是有一定规律地将合适的线连接在一起。虽然他自己也不知道那样连接是对还是错。

姚公子的目光何其敏锐。他也发觉胡心水的连接方式不像是毫无章法。

胡心水将三十多根断了的线连在一起，打了结，然后停下来了。

老人家轻嘘了一口气，说道："姑娘，我说了，姚家的操控术不同于外面一般的操控术，这些繁杂的线，一般人看了就会头疼，更不用说捋清顺序了。"

胡心水看出来了，老人家似乎没有因为她的停止而叹息，更像是为此感到安心。

胡心水理解老人家的心情。毕竟这种操控术是他一辈子引以为傲的本领，如果别人轻而易举地修复了连他自己都难以修复的机关，他肯定觉得自己引以为傲的东西并没有那么值得骄傲。

姚公子的心情则不同。他伤心地抚摩着断掉的线，落泪道："都怪我，都怪我让父亲生气！如今覆水难收，断弦难续……"

胡心水拍了拍被线勒出一道道红色印记的手，说道："什么断弦难续？我不是续起来了吗？"说完，她走到老人家那边，学着刚刚进门时老人家正在进行的动作拉扯机器上的线。

姚公子惊讶地看到外面扑倒在地的巨型无头傀儡挣扎着爬了起来！

老人家抬起手来，指着外面的傀儡，结结巴巴地说道："这这这……怎么可能？"他侧头看了胡心水一眼，又道，

“你只连接了少数线，也没有全部连接好啊！”

胡心水让外面的傀儡站定就松了手，说道：“有些线本来就是多余。人只有一双手，每只手只有五个手指。再多的操控，也只能由这十个手指的动作完成。其实不用想着操控傀儡的方方面面，要反过来想想傀儡无论怎么动，操控者也只有十个手指可以完成。”

老人家恍然大悟：“姑娘，你的意思是……傀儡所有的动作，反过来是操控我的？它做什么动作，就要求我的手怎么动？这样想的话，就化繁为简了？”

胡心水道：“是呀。有些时候，你真的在操控别人吗？那可不一定。”

“敢问姑娘师出何门？年纪轻轻就有如此高见！”老人家拱手弯腰。

胡心水急忙扶住老人家，说道：“姚老爷，我来落阳城，就是想弄清楚我的身世。刚才我在您身上，已经得知一二。”

老人家“哦”了一声，说道：“我倒想起来了。五十多年前，有一人来我这里，说要将皮肉骨赠予我。我不理解。那人说，之所以赠予我，是想借我的身，等一位朋友。这五十多年里，我也没有见到什么人来我这里找他。莫非他早已算到你会来这里？”

胡心水点头道："应该是的。姚老爷，您别生公子的气。公子心善，为了带我进城，才让我假装是他的傀儡，他自己假装学习了操控术。这事因我而起，我该为您分忧。"

其实她还想说，多谢姚老爷慷慨，让五十多年前的那位朋友将皮肉骨上的记忆寄存在他身上，让她今夜激发了许多已然淡忘的记忆。

老人家眼神里充满疑惑："姑娘既不是我们姚家的人，又不是朝廷中人，如何为我姚家分忧？"

胡心水道："我无法为姚家分忧，但是姚公子可以。或者说，我可以让姚公子为您分忧。"

老人家问道："姑娘的意思是……你要教我儿操控术？"

胡心水摇头道："我来落阳城就是为了看烟花的，待不了多少时间，教不了姚公子。况且……我自己身上的事情还没有弄清楚。"

"那你是要……"

"姚老爷，只要您能带我和姚公子进宫，见到皇后娘娘。我就有办法让皇后娘娘不再对姚家下手。"

"是吗？"老人家不太相信。

姚公子在旁说道："是的，父亲。这位姑娘之所以来我们家，就是给我们解忧来了。只要能让她见到皇后，其他的事情您不用操心。"

胡心水觉得奇怪，莫非姚公子知道我要做什么？不可能啊。我进姚府之前没有跟他说过是为了给他们姚家解忧来的。

老人家见姚公子这么说，犹豫了片刻，说道：“好吧。今天已经太晚了。明天我借口有事上奏，去宫里一趟。现在皇上不问政事，一切朝廷事务都由皇后娘娘掌管。你们两人随我一同去吧。”

胡心水点头。

老人家道：“你们下去吧。不管你们有没有办法，我都只能孤注一掷了。现在我就写个不痛不痒的奏章，你们不要打扰我。”

胡心水跟着姚公子出了那间房子。

“你怎么这么爽快就帮我说服你父亲了？”胡心水悄声问道。

姚公子皱眉头道：“你那位朋友豁影不是心心念念要找皇后娘娘报仇吗？明天我让他跟着混进宫中，不就可以找皇后娘娘报仇了？”

原来他以为胡心水是为了豁影报仇而让父亲进宫。

胡心水叹了一口气，说道：“就算他要报仇，我也不能让你们姚家牵涉其中，犯下满门抄斩的罪。”

“难道你想一个人对付皇后娘娘？那你可别小看宫中人了。宫里藏龙卧虎，高手如云。你要是在宫里动手，自己就出不来了。”姚公子警告道。

胡心水道：“谁说我要对付皇后娘娘了？”

“那你要跟着我父亲去宫中干什么？去逛御花园吗？”姚公子生气道。

胡心水道：“去了就知道了！”

姚公子带胡心水来到给她安排的住处后转身要走。

胡心水问道：“你把豁影藏在箱子里了吧？”

姚公子笑道：“不要担心。我会给他安排合适的住处。”

胡心水第二天醒来，在姚府里闲逛了一圈。她去了昨晚看到巨型无头傀儡的地方，却不见那个傀儡了。昨晚被巨型傀儡压坏的房子，居然恢复如初。

正在她仔细看那些本应倒塌的房子时，姚公子走了过来。

“你是我的傀儡，怎么能在我没有出现的情况下独自出来？”姚公子说道。

胡心水撇撇嘴，她睡了一觉，差点把这件事忘记了。她想起在过来的路上碰到了好几次姚家的下人。

姚公子说道：“不用担心，我偷偷跟在你附近。即使下人看到，也以为是我故意为之。”

胡心水放下心来，指着完好如初的房子，问道：“昨晚这里不是被压坏了吗？怎么现在没有一点坍塌的痕迹？”

姚公子不以为奇，说道：“我们家的操控术，当年就是为了建设落阳城而存在。这些房子坏了，姚家还有许多操控师操控工匠傀儡迅速修复。”

胡心水啧啧称奇，说道：“果然厉害！我差点忘记你们姚家是专攻此术的！我差点以为昨晚的事情是在梦里发生的！”

姚公子笑了笑。

胡心水又问道：“昨晚的巨型傀儡去哪里了？”

姚公子道：“它只在夜里巡逻，白天一般不用出现。”

这时，阿丙过来了，向姚公子施礼，说道：“少爷，老爷说今晚酉时进宫拜见皇后娘娘，老爷的马已经备好了，请少爷即刻出发，随同老爷进宫。”

胡心水抬头看看天，迷惑道：“酉时进宫，现在才辰时，连中午都不到，还是骑马去，怎么这么早就要出发？”

阿丙一脸哀怨道：“如果是走路，也用不着现在就出发。骑马的话，现在就得出发，不然会晚了。”

胡心水更觉得怪异，问道：“骑马不比走路快吗？为何走路可以晚些出发，骑马反而要早些出发？”

阿丙叹道：“姑娘你有所不知。皇后娘娘体恤年高病多的老爷，特赐白马一匹，命老爷进宫、出宫皆以此马代步，且可在宫中骑马，不得下马。”

“可在宫中骑马？这不是无上荣耀吗？”胡心水问道。

阿丙尴尬一笑，看了看左右，小声说道：“名为荣耀，实为打压。此马已老，行走缓慢，还不及常人慢步。皇上不闻朝政，老爷本来上朝的时候就少了。现在老爷若是有事要奏，出门就要骑此马，早上出发，晚上才能到。皇后娘娘这是有意疏远老爷，折腾老爷。”

胡心水没想到真相竟然是这样。皇后娘娘得是多么尖酸刻薄的人才会想出这样的方法来惩罚为难别人。这样的皇后娘娘，胡心水越来越想见上一面。

“既然这样，那我们现在就走吧。”胡心水说道。

出门之前，胡心水在自己身上绕了一些操控线，让姚公子握住，做出姚公子操控她的假象。然后，他们跟着姚老爷的马慢慢腾腾地往皇宫的方向走去。

那匹白马确实走得慢，姚公子和胡心水要不时地停下来等它跟上来。姚老爷坐在马背上，不一会儿就被白马摇晃得昏昏欲睡，他垂着脑袋，跟着白马一起摇摇晃晃。

姚老爷没有穿朝服，朝服由一位下人端着。

姚少爷偷偷告诉胡心水，这是父亲为了街道两边的百姓着想。他若是穿着朝服，街道上的百姓就要回避。马又走得慢，百姓极为不便。于是，他不穿朝服，等到了皇宫大门前再穿起来。

胡心水对姚老爷心生怜悯。姚老爷本是皇后娘娘忌惮的人，此时却像是被深居宫中的皇后娘娘远程操控了，成为一个行走不便的傀儡。然而，皇后娘娘并没有给其他人造成她操控朝廷老臣的迹象，反而让一些不明真相的人以为皇后娘娘体恤老臣。皇后娘娘的操控术不是操控术，却远胜操控术！

因为姚老爷没有穿朝服，许多百姓拥过来围观。有人赞叹姚老爷一心为民，也有人赞叹皇后娘娘体恤朝臣。

更多人是来看胡心水的。

姚家不学无术的公子居然开始学操控术了，这是吸引落阳城百姓的原因之一。

这公子的傀儡居然如此好看，这也是吸引落阳城百姓的原因。

众人指指点点，议论纷纷。

走过了不知几条大街，胡心水忽然听到有人叫她的名字。

胡心水扭头一看，心中一喜。

她看到烟花巷的胖子在人群里笨拙地跳跃。胖子牵着一位姑娘，那姑娘就是与他一起坐孔明灯的姑娘！

胡心水想要回应，可是身上的操控线提醒她，此时她是姚公子的假傀儡，行动不能自由。

她只好假装没有听到，继续慢慢腾腾地往前走。

胡心水走了几步，忽然想到一个问题——胖子是怎么认出我的？在烟花巷的时候，我脸上还粘着师父贴的纸呢！

胡心水小声对身边的姚公子说道："你假装操控我往那个叫我名字的人那边看看。"

姚公子小声问道："你们认识？"

胡心水道："我认识他们，他们应该不认识我才是。"

"难道你的身份被识破了？"姚公子担忧道。

胡心水道："我也担心这个，所以要看看是怎么回事。"

姚公子舞动手指，领着胡心水向胖子走了过去。

胖子欣喜不已，拉着那位姑娘从人群里挤了出来。

姚公子问道："你认识我的傀儡？"

胖子本来要跟胡心水打招呼的，听姚公子这么一说，吓得一怔。

"你的……傀儡？"胖子的眼睛里有难过的神情流露出来。

姚公子道："当然，你不知道我是谁吗？没看到我手里的操控线吗？"

旁边立即有人说道："这位兄弟，你是外乡人吧？这是鼎鼎有名的操控巨型傀儡的姚大人的公子。据说，这是他从外面买来练手的傀儡。"

昨晚姚公子带着傀儡进城的消息，早就在落阳城传开了。

胖子抹了抹眼睛，难过地说道："我认识的那位朋友说过她要来落阳城看烟花。刚刚我从背影就认出她了，喊了一声，她居然有反应。我就认定了是她。没想到……”胖子又看了胡心水一眼，继续说道，“没想到不是她……可是……可是为什么又感觉就是她？”

胖子的眼睛红了。

胡心水感觉到胖子已经从心底里认定她就是胡心水了，只是他以为她真的成了姚公子的傀儡，因此为她伤心。

胡心水很想告诉他，她就是他认识的胡心水，她没有成为傀儡。可是周围都是人，她不能说出来。

姚公子听到他说“来落阳城看烟花”，就知道他并没有认错。姚公子也不能在这种场合下说明真相，只好冷冷地对他说道：“她怎么会有反应？她是由我操控的。你认错了。”

胖子身边的姑娘拉了拉他，劝道：“我们走吧。”

胖子被姑娘拽着离去的时候频频回首。

胡心水只能假装没有一点触动，脸上僵住，不做任何表情。其实她内心既温暖又愧疚。老朋友仅从背影就认出了她，她却不能跟老朋友寒暄一句。

姚公子拽了拽操控线，提醒胡心水。

胡心水转身跟着那匹行走缓慢的白马继续前行。

走到中午时分，他们边走边吃携带的干粮。阳光开始变得耀眼而炽热，姚老爷汗如雨下，嘴唇苍白。

下人要递水给姚老爷喝，姚老爷摆手不喝。

“喝多了水，免得下马寻方便的地方。”姚老爷虚弱地说道。

真是折磨。胡心水忍不住对姚老爷心生同情。

又走了两个多时辰，姚公子忽然说道：“皇宫就在前面了。”

胡心水抬头看去，看到了远处鳞次栉比的琉璃瓦在阳光下熠熠生辉。檐牙高啄，巍峨辉煌。

她记起来，五百多年前，她来落阳城寻找那位傀儡师的时候，曾经来过这里，看到了远处的皇宫。

虽然能看到皇宫了，但又走了半个多时辰才来到皇宫正门前。

下人将朝服递给姚老爷，姚老爷将朝服穿上。

进了皇宫，两边都是红色高墙，寂静而阴冷，前后无人。

姚公子稍微放松了一些，问胡心水道：“你知道皇城为什么叫落阳城吗？”

胡心水不敢乱动，目不斜视地说道：“不知道。”

姚公子道：“本朝建立之初，太祖迷恋上了一位姑娘。太祖对那姑娘说：‘虽然天下人都要听我的，天下之土都是我的，但我不操控你。你想在哪里生活，我就带你去哪里生活。’姑娘抬头看天，指着太阳说：‘如果我可以选择的话，我想在太阳落下的地方生活。’太祖等待黄昏太阳降落之时，指着现在皇城所在的地方，对那姑娘说：‘太阳在那里降落，我要为你在那里建起一座城，陪你到老。’后来，太祖在这里建起新皇城，命名为落阳城。现在你脚下的巨石，都是我姚家祖先操控巨型傀儡从很远的地方搬来的。”

胡心水叹息一声。

姚公子问道：“你叹什么气？”

“那位姑娘真是可怜。”胡心水道。

“可怜？人人说起这段往事，都羡慕不已。哪里可怜了？”

“姑娘说，如果可以选择，希望在太阳落下的地方生活，可是太阳不会落在世间的某一处。她这么说，是因为惧于太祖权威，只好委婉地拒绝太祖。太祖心知肚明，之所以建起这座落阳城，并不是因为太阳在这里降落，而是逼迫姑娘就范。”

“竟然是这样的？我一直以为这是一个美好的爱情故事。”姚公子几乎不敢相信，但很快相信了胡心水的话。

“只有女人最了解女人。”姚公子补充道。

胡心水淡然一笑，说道：“所以这座皇宫建立之初，就是一座美丽的牢狱。你们姚家祖先和其他共同建立这座城的人，以为立下了不世之功，其实只是共同囚禁了一个女子。”

胡心水看了看前头骑在马上又昏昏欲睡的姚老爷，继续说道："或许你的父亲早已看穿，所以即使姚家操控术传不下去，也不为所惜吧。"

胡心水又想起了许多事情。她记得师父曾带她坐在皇宫后面的高山上，一起俯瞰落阳城。师父说，人人以为这是一座伟大的皇城，其实它不过是一座美丽的牢狱。

她问师父为什么这么说。

师父便跟她说起太祖建立皇城的故事。

她听完师父讲述，怜惜道："那位姑娘太可怜了，人人羡慕她，她却身在牢狱。"

"其实皇后娘娘也挺可怜。"胡心水收回心思，看着远处渐渐显露出来的宫殿，淡淡地说道。

"她可怜？"姚公子皱眉头道。

胡心水道："太祖建立这座城囚禁了一位姑娘。当今皇后娘娘却是用这座城囚禁了自己。皇上不喜欢她，她却偏想获得皇上的恩宠。她不惜夺取皇上宠爱的女人，将那女人的身体夺走，以皮囊术让女人的身体成为自己的皮肉骨，从而获得那些温暖的记忆；以操控术让自己的一举一动变成那女人的样子，试图获得皇上的恩宠。她把自己囚禁在别人的身体里了。你说，她不可怜吗？"

姚公子不说话。

"好在她还没有完全失去理智。"胡心水道。

“是吗？”姚公子说道。

“她还没有疯狂到要把自己的脸也变成那个女人的脸。”

“她不应该这样做吗？如果脸也变成皇上喜欢的那个人的样子，皇上应该就会喜欢她了吧？”姚公子不认同。

天色渐暗。马蹄嗒嗒，似乎比天色尚好之时更响了。

马背上的姚老爷一声不吭，似乎在认真听他们两人说话，又似乎在打瞌睡。

“如果她将自己的脸也变成那个女人的模样，那么她就会成为那个女人。那么，皇上喜欢的仍然是那个女人，而不是她。”

姚公子道：“不对。皇后娘娘即使变成了另外一个人，她仍然是皇后娘娘，怎么会变成那个女人呢？”

胡心水道：“世上是不会有两个完全一模一样的人的。如果她完全变成了另一个人，她自己就消失了。”

姚公子思索片刻，说道：“你说得好像有点道理，但是我还是不明白。”

胡心水看着越来越近的宫殿，说道：“曾有一位朋友告诉我说，世上的灵魂都是一样的，穿了什么皮子，就会变成什么生灵。”

这时，姚老爷突然说话了：“灵魂进了鸟的皮囊里，便能在天空翱翔；进了鱼的皮囊里，便能在水中潜游。这是我原来一位朋友说的话。好了，不要说话了，你马上要见到皇后娘娘了。我们姚家的安危，就全系在姑娘身上了。”

胡心水已经能听到宫殿前面一位公公正在吩咐人点灯的声音了。

姚公子不安地问道：“你确定能帮到我们姚家吗？”

“‘只有女人最了解女人。’好了，不要再说话了。”胡心水用他的话回答他。

宫殿前面是长长的白玉石台阶。

站在那里颐指气使的公公见姚老爷来了，赶紧快步走到台阶下面来。到了白马旁边，公公居然蹲下来，背对着天。

姚老爷往下看了看，说道：“就不劳烦公公了！”

公公蹲着说道：“看您说的什么话！我这背能让您踏上一脚，那是我的荣幸！”

姚老爷笑了笑，踩着公公的背，下了马。

公公直起身，笑眯眯道：“您来一趟太不容易了。您稍候片刻，我这就去禀告皇后娘娘。”

姚老爷拱手道：“有劳公公了！”

公公又快步往台阶上走去。

姚公子看着公公的背影，说道：“这位公公看起来不像个好人，为什么甘愿俯下身来让您踩？您又不是皇后娘娘跟前的红人，其实他没必要这样做。”

姚老爷道：“你说得没错。一个在谁面前都甘愿俯下身让人踩的人，必定不是什么好人。这样的人对你越好，你越要警惕。”

不一会儿，那位公公站在台阶的最高处大喊：“传……金紫光禄大夫觐见！”

姚老爷迈步登石阶。

姚公子正要扶姚老爷，姚老爷摆手道：“不用扶我，管好你的傀儡就行。”

姚公子这才想起自己是要操控胡心水上台阶的。他稍稍整理操控线，便往台阶上走。

胡心水配合着姚公子，一起往上走去。

到了宫殿门口，公公提醒姚公子道：“公子，进去了要低头跪下，万万不可往上面看。等皇后娘娘让你看了，你再看。”

“多谢公公教诲。”姚公子说道。

进了宫殿，姚老爷伏地而跪。

姚公子和胡心水跪在姚老爷后面。

“姚大人这么晚来……必定是有重要的事情吧？”

一个女人的声音从前方传来。胡心水心想，这应该就是皇后娘娘了。从声音里听，皇后娘娘好像有点着凉了一样，嗓子有些嘶哑。

仅仅是听到皇后娘娘的声音，胡心水就对她又多了几分怜悯之情。

姚老爷还没有回答，皇后娘娘又说话了：“你今天还带了你儿子来，莫非是要将你儿子托付于本宫？”

胡心水虽然没有抬头，但感觉到皇后娘娘的目光已经落在了她和姚公子的身上。胡心水赶紧操控姚公子回答道：“草民带了傀儡来，想要给皇后娘娘献舞。”

姚老爷呵斥道：“大胆！皇后娘娘没问你话，你说什么话？自己掌嘴！”

皇后娘娘发出笑声，笑声在空荡荡的宫殿里回响。

“不用掌嘴。姚大人，初生牛犊不怕虎，本宫不会怪罪的。”皇后娘娘说道。

姚老爷磕头道：“多谢娘娘！”

“不过……这一不过节，二无庆典，这个时候给本宫献舞，恐怕是另有深意吧？”皇后娘娘说道。

胡心水操控姚公子回答道：“草民是姚家后人，本应继承姚家操控术，可是草民一直没有学习操控术。父亲常在家中说，皇恩浩荡，姚家应该世世代代为朝廷出力，皇后娘娘也对姚家后继无人忧心不已，草民羞愧。这次在外游玩，偶然习得操控术，便想着来给皇后娘娘看看，让皇后娘娘开心开心。”

“哦？姚家公子生性自由，本宫早有耳闻。如今浪子回头，想为朝廷出力，本宫自然高兴。这旁边的姑娘，就是你的傀儡？”皇后娘娘问道。

“是。”姚公子回答道。此时胡心水没有操控他。

“你让她抬起头来。”皇后娘娘命令道。

胡心水操控姚公子，让他的手指动了动，然后她将头抬了起来。

皇后娘娘在一道垂珠帘子后面，胡心水看不到皇后娘娘的脸。

皇后娘娘却能看到胡心水。

皇后娘娘沉默了片刻，说道：“这姑娘好像有点面熟。”

胡心水心中暗惊，仍面不改色。但她不知道该让姚公子如何回答。

这时亏得姚老爷思维敏捷，他磕了个头，缓缓道：“自皮肉骨被滥用以来，人人容貌可变，许多人拥有类似的容颜。皇后娘娘觉得面熟，也是情理之中的事情。”

胡心水一颗悬着的心终于放了下来。

皇后娘娘接下来的话，却让胡心水更加惊恐。

“姚大人说得有道理。别说在这落阳城里，就是在这后宫中，面貌相近的人也数不胜数。可是，这位姑娘不像是一般的人，却像是太祖皇后！”皇后娘娘说道。

第十章
五百年

姚老爷听到皇后娘娘这么说，吓得手里的奏本掉在了地上。

皇后娘娘见状，问道：“姚大人这么惊慌，莫不是也觉得这位姑娘像太祖皇后吧？”

“太祖皇后那是多少年前的事情了，微臣怎么会认识呢？皇后娘娘何出此言？”姚老爷慌张地说道。

皇后娘娘说道：“本宫当然无缘见到太祖皇后。但是皇宫里有太祖皇后的画像。那是太祖皇后与一个会操控术的侍卫逃离落阳城之后，太祖皇帝手绘而成的。本来太祖皇帝手绘画像，是为了缉捕逃走的太祖皇后，可是最后太祖皇帝没有下旨捉拿他们。所以，皇族之外的人几乎不知道后来的太祖皇后已经换了人。太祖皇帝也不允许身边的人说出去。画像流传至今，本宫倒是仔细看过几回。”

皇后娘娘沉吟片刻，又说道：“姚大人……”

姚老爷俯身等着皇后娘娘说完话，可是皇后娘娘说完“姚大人”三个字后，却不说话了。

姚老爷于是“哎”地应了一声。

皇后娘娘似乎就要等他应一声，这才继续说话：“本宫记得……你也看过太祖皇后的画呀。你忘了吗？”

姚老爷磕头道：“微臣老了，记性大不如以前。”

这时，皇后娘娘拨开珠帘，珠子碰撞，发出清脆悦耳的声音。她的脸从珠帘后面露了出来。

胡心水看到皇后娘娘的脸，吓得立即伏在地上，脑袋碰在清冷的金砖上。她心中慌乱不已，这位皇后娘娘怎么如此面熟？

她听到皇后娘娘的脚步声从前方渐渐靠近。

她心里有种自己都无法解释的情绪和担忧。她虽然以前没有见过皇后娘娘，却担心皇后娘娘将她认出来。她内心深处还有一种隐隐不安的情绪——我好像认识这个陌生的皇后娘娘！

皇后娘娘的脚步声越近，她就越担心。

好在脚步声在姚老爷那里的时候停住了。

“也许是本宫记错了吧。”皇后娘娘说道。

然后，胡心水听到皇后娘娘的脚步声越来越远。胡心水感觉到了，似乎皇后娘娘也怕她抬起头来，与她近距离相见。

“既然是来献舞的，就跳一支舞蹈给我看看。”皇后娘娘的声音已经离得很远了。“是。”姚公子磕头道。

胡心水正要开始操控姚公子，皇后娘娘突然问道：“跳之前，本宫想问问，你献的这支舞蹈叫什么舞？”

胡心水的心又提到了嗓子眼儿里。姚公子哪知道她要跳什么舞？来之前，姚公子都不知道她到底要干什么！

难道皇后娘娘已经看出我的异常了？胡心水不免忐忑。

姚老爷见姚公子没有回答，呵斥道：“孺子不可教也！皇后娘娘问你话呢！”

姚公子浑身一颤，赶紧回答道：“草民没有深厚的操控术功底，这支舞也是在外面学来的，并不知道有没有名字，不知道有的话叫什么名字。”

此话一出，连侍立在旁的公公都忍不住发出笑声。

这一笑，反而让皇后娘娘少了戒心。皇后娘娘跟着笑了笑，轻声道：“那就跳来看看吧！”

姚公子被刚才皇后娘娘突然发问吓到了，此时居然对着胡心水喝了一声：“起！”公公又笑了起来，说道：“果然是初出茅庐的小子，操控傀儡又不是牵着牛羊，怎么还叫一声‘起’呢？”

皇后娘娘又跟着笑了起来。

胡心水回想昨晚瞒过守城士兵的方法，假装是傀儡，实际却操控着姚公子舞动起来。

舞蹈一开始，胡心水就忘记了自己是在操控，还是被操控。她尽情地舞起来。

那姚公子跳得略显生疏，有时候差点绊了脚，但好歹没有跌倒。

坐在高处的皇后娘娘看得呆住了。

那位公公也目瞪口呆。

姚老爷却无心观看，眼睛偷瞄皇后娘娘。

胡心水越跳越开心，一时间忘记了自己来皇宫见皇后娘娘是干什么的。她不停地飞跃旋转，一会儿仿佛在空中飞舞，一会儿仿佛在山间奔跑，一会儿仿佛在水中畅游。她感觉自己一会儿在云端，一会儿在树下，一会儿在河流中。她感觉自己的灵魂出离了，一会儿变成了鸟，一会儿变成了兽，一会儿变成了鱼。

她想起了傀儡师朋友说的那句话——世上的灵魂都是一样的，穿了什么皮子，就会变成什么生灵。

她想起了姚老爷说的那句话——灵魂进了鸟的皮囊里，便能在天空翱翔；进了鱼的皮囊里，便能在水中潜游。

她感觉自己的灵魂无处不在，随心所欲，自由自在。

皇后娘娘看到精彩处，不禁站了起来，问姚老爷道："这不是失传了的指随舞吗？"

姚老爷已经看得入迷，忘乎所以。他含笑回答道："是啊，这就是失传了几百年的指随舞。”

“指随舞”三个字刚从嘴里说出来，姚老爷就把自己吓了一跳，双手挡住嘴，恨不能双手将刚刚吐出的字接住，然后扔回嘴里，嚼烂了咽回去。

“原来真是指随舞！本宫以前只在书上看到过舞姿绘图，梦寐以求却无处可学，没想到今日能亲眼看见！”原本持有几分怀疑态度的皇后娘娘听姚老爷这么说，终于相信眼前姚公子和胡心水给她表演的确实是指随舞。

皇后娘娘一边说着，一边又走了过来，仿佛她也被一根看不见的操控线牵引，将她慢慢地拉到胡心水面前来。

“姚大人……”皇后娘娘又喊了一声。

姚大人跪着爬到皇后娘娘身边，“哎”地应了一声。

“本宫听说，能操控傀儡跳指随舞的人，百年难得一见。不，是五百年难得一见！贵公子不过是出去游玩了一圈，怎么就突然会这种五百年难得一见的指随舞了呢？你倒是给本宫说个清楚！”皇后娘娘起了疑心。

“这个……这个……”姚老爷词穷了。

胡心水听到了他们的对话，但仍然手舞足蹈，不作停歇。

在鹤临的村庄里时，是师父牵引着她跳出指随舞的。在这里，她是完全主动的，自发的。她顾不上皇后娘娘是怀疑还是相信了，她要跳就跳个畅快淋漓！

皇后娘娘侧头斜睨跪在地上的姚老爷，嘴角扯出一丝笑，说道：“姚大人，你是怕本宫在你仙逝之后打压你们姚家，有意让贵公子在我面前露一手，威慑本宫。是吧？”

姚老爷连忙磕头不止，呼道：“岂敢！岂敢！”

胡心水见状，知道自己不能袖手旁观了。她操控姚公子抛出手中的操控线，将皇后娘娘的手腕勒住。

皇后娘娘大叫一声。

公公见姚公子手中的操控线勒住了皇后娘娘，以为姚公子要谋杀皇后娘娘，立即扯着鸭子一样的嗓子大喊：“来人哪！来人哪！有刺客！”

立即有许多将士从外面冲到大殿上来，将姚公子和胡心水团团围住。

姚老爷虽然紧张，却保留了几分理智。他知道儿子的实力，知道勒住皇后娘娘的人不是儿子，而是胡心水，却还是大喊道：“不孝子！你要我背负叛主的千古骂名吗？快放了皇后娘娘！”

胡心水自然知道此时不能杀害皇后娘娘，即使杀了皇后娘娘，在这高手如云的宫中，她和姚老爷、姚公子也逃不出去。她本意就不是要杀皇后娘娘。

她暗暗操控姚公子，让姚公子的手指一勾，将皇后娘娘拉得转了一个圈儿。她让姚公子的手指一弹，将皇后娘娘又往回转了一个圈儿。

皇后娘娘转怒为喜，一边转圈儿一边喊道：“你们不要过来！他是在教我指随舞！”

人人只看到姚公子操控皇后娘娘跳起了指随舞，却不知道姚公子其实是被胡心水操控的。

将士们听皇后娘娘这么说，纷纷收起兵器。在他们眼里，胡心水和皇后娘娘此时都成为了姚公子的傀儡，为姚公子的突然转变惊奇不已。他们不会想到姚公子是傀儡，因为在普通操控师或者常人眼里，倘若姚公子是傀儡，那么傀儡是无法操控皇后娘娘的。

而在胡心水的心中，傀儡也可以是操控师，彼此不分。因此，姚公子既是傀儡，又是操控师。因此，在姚公子本身是傀儡的情况下，还可以操控别人。

这正是指随舞的不同之处，精妙之处。

胡心水想要通过这种方法，让皇后娘娘彻底相信姚公子的实力。

皇后娘娘在胡心水的间接操控下狂喜，一边舞蹈一边情不自禁道：“等本宫学会了世间最难的指随舞，就能操控皇上，让他靠近本宫，亲近本宫，让他留在本宫身边，让他离不开本宫！他会乖乖听本宫的话，他不爱本宫，本宫就操控他爱上本宫！哈哈哈哈！”

这时，胡心水的手腕处疼了起来，脑子里响起一个声音：“你为什么不操控我？”这是她自己的声音。

手腕处越来越疼，她的脑子里响起另一个声音：

“我不能操控你。因为，如果我操控你，我就不知道你是不是真心愿意留在我身边。爱是世间最高境界的操控术，操控术的最高境界是不操控。”这是师父的声音。

“可是……如果我离开了你呢？”她自己的声音响起。

“我刚刚说了，操控术的最高境界是不操控。如果你选择了离开，我没有操控你，那就是爱。如果我操控了你，那就是不爱。”这是师父的声音。

“可是……世间很多人的爱，是要把心爱的人留在身边。比如说，这座落阳城……”

“他爱的不是你，那是他对自己的爱。心水。”师父的声音回应她。

胡心水的心被这句话击中，顿时泪水盈眶。她想起来了，面前的皇后娘娘，她确实见过。不过那是在很久很久以前，久得两个人互相忘记了。

她就是关于落阳城的传说中的那个女人。她就是这座落阳城的主人，也是这座城的囚徒。

她喜欢的是太祖皇帝身边的侍卫，是现在的师父。

她不能表露心迹，因为她从太祖皇帝的眼中看出了异样。

太祖皇帝对她说：“你想在哪里生活，我就带你去哪里生活。”

她只好委婉地回答：“如果我可以选择的话，我想在太阳落下的地方生活。”

回答太祖皇帝的时候，她想起了那个古老的夸父逐日的传说。她心想，或许夸父不是在追逐太阳吧？也许他是在逃避什么，就像我一样？他向落日的方向逃去，而世人以为他在追逐。

皇后娘娘看到胡心水泪流满面，问道：“你怎么哭了？”

胡心水记起来，皇后娘娘在很久很久以前问过她同样的话。

那时候，皇后娘娘是她的贴身宫女。而她身上穿着的正是皇后娘娘才能穿的百鸟朝凤服。

“人人羡慕你独得皇上宠爱，落阳城都是为你而建，你为什么还不开心？”宫女问道。

她说道：“如果你是我，你也会不开心的。”

宫女笑道：“怎么可能？多少人盼着成为你，可是也只能盼着而已。”

“你也盼着吗？”

“当然，宫中人谁不这样？”宫女毫不掩饰眼神中的渴望。

她说：“那你愿意成为我，让我成为你吗？”

“愿是愿意，但怎么可能？”宫女失落道。

她想了想，说道："你若是愿意，那我们交换吧。你可不要后悔。"

宫女喜道："真的有这种可能吗？我真的能成为你吗？"

她说道："我认识一位朋友，他在皇上身边当差，擅长操控术和易容术。我让他将你的容貌化成我的样子，再操控你模仿我的一举一动。时间一久，就能以假乱真，皇上会以为你就是我。"

那时候还只有简单的易容术，没有真正换皮肉骨的皮囊术。

"那太好了！"宫女大喜。

她之所以留这个宫女在身边，就是因为她不掩饰自己的渴望。在这宫中，人人害怕别人知道自己想要什么，不想要什么，如同戴着一张跟自己的性情完全相反的脸。这样的人生，如同是给别人过的。

"可是……以后你就丢了自己。"她谨慎地说道。

"别说换脸了，如果能成你这样，我连身体都可以换。"宫女喜不自胜。

那时候，她还没有料到，多少年后，这位贴身宫女果然连自己的身体都不要了。她唤来心爱之人，将宫女易容，以操控术使得宫女举手投足都有她的影子。宫女夜夜练习，最后能脱离操控术而姿态不改。

数月过去后，她让宫女穿着她的衣服出去走了一圈，竟然无人发现异常。

她放下心来，留宫女在宫中，自己则与心爱之人逃离落阳城，隐居世外。

离开落阳城的她并不能完全放心，她偶尔打听来自落阳城的消息。

半年之后，她听到消息，说是皇上将皇后驱逐出落阳城，永远不得再回落阳城。她找到那位宫女，问被驱逐的缘由。

宫女叹道："容貌、举止与你相同，奈何性情不同。皇上日渐厌倦，以至于驱逐。"

她想要将宫女重新带在身边。

可是宫女不肯。宫女不甘心，发誓要寻机重回落阳城。

她问道："你就这么爱皇上吗？"

不料宫女说道："不，我爱的不是皇上，而是被皇上独宠之后其他宫女羡慕的目光。"

她哑然。

宫女又说道："这次我失败了，我可以再等几十年，等宫中再次来民间选秀女。等到下一个皇上看中我。如果不行，我就再等几十年，再不行，我还等几十年。总有一次，我会被重新选入宫中。总有一次，我会重新被皇上恩宠。总有一次，我会让身边所有的人羡慕我。"

她恐惧道："你已有了心魔。"

宫女邪笑道：“是的，我有心魔，那是因为你轻易获得了所有，所以不在乎。同样的东西，人们往往依据它是触手可及还是求而不得来判断它的价值。比如地位，比如宠爱，你似乎是与生俱来的，所以视若平常，所以无所谓。可你有没有想过那些想要获得却不能得到的人？比如皇城中其他人？比如我？”

最后宫女大吼起来，双手握拳，脖子上青筋暴起。

她发现宫女的容貌已经跟她有了区别，姿态也已不如在宫中那样得体。

回去之后，心爱之人告诉胡心水，相由心生。易容术不能让那位宫女永远保持你的样子，她自己的心，决定了她自己的长相和姿态。

她还是不放心，频繁访问那位宫女，希望可以帮她摆脱执念。

让她没有料到的是，宫女却因此知道了她隐居的地方，偷偷托人传消息到了落阳城。宫女害怕自己受到牵连，故而在消息中隐去了“皇后娘娘”，只提到了从皇上身边潜逃的侍卫。

皇上震怒，命身边另一位高手侍卫将她的心爱之人暗杀。

她知道真相后，质问宫女。

宫女道：“我原本是山中一只鸟雀，因见凤之高贵而生羡慕之心，从而开始修炼。修成人形之后，我发现我无法变为凤，无法被百雀羡慕，于是想要成为穿凤袍、戴凤冠的人，被宫中人羡慕。当初是我助你逃离，你许诺我以皇后之位。可是我并没有得偿所愿，所以我也不能让你如愿以偿，这是你欠我的！”

她痛心道：“即使你夺走我的，你又如何能成为人中之凤？”

宫女大笑道：“我说过了，我会等。等数十年不行，就等一百年。一百年不够，就等两百年！如果几百年还不够，我转世为人，还要去做秀女，要去落阳城，要做人人羡慕的人中之凤！你的心爱之人不是会操控术吗？不是会易容术吗？你跟了他这么多年，应该也学了一些吧？你找个傀儡，易容成他的容貌，以操控术让傀儡的一举一动都跟他一模一样，不就可以了？你当初告诉我，变成你的模样，模仿你的姿态，就可以获得我想要的。如今，你也可以用同样的方式获得你想要的！你不是说我有心魔吗？我要让你也尝尝求而不得的滋味，看看你有没有心魔！”

宫女说的是气话，她却听了进去。

她没有报复宫女，她离开宫女的住处，偷偷前往落阳城。她要找到最好的傀儡师，做出一个跟心爱之人一模一样的傀儡，她要练就最好的操控术，让傀儡像心爱之人生前一样活着。

胡心水看着眼前舞蹈的皇后娘娘，记忆如潮水拍岸一般涌来，让她差点窒息。

皇后娘娘随着姚公子的手指一伸一勾而舞动，虽然舞步略微踉跄，手脚略微僵硬，却沉醉于其中。

胡心水不敢相信，那位宫女等待了这么多年，竟然真的回到了落阳城，进入了宫中，并且穿上了皇后娘娘的凤袍，戴上了凤冠，成为了落阳城的主人，拥有了曾经想要拥有的一切。

可是，胡心水感觉到穿着凤袍、戴着凤冠的她，似乎依然不开心。

胡心水不知道她是怎么回到宫中，又怎样成为皇后娘娘的。这些对胡心水来说并不重要。

胡心水清楚，这位皇后娘娘不认识她胡心水了，要么是因为转世，要么是因为她现在用的是别人的身体。这些对胡心水来说也不重要。

胡心水疑惑的是，她不是说不需要真正的皇上吗？她不是说只在乎身份和地位，只需要人人羡慕她吗？那她为何想要学指随舞？想要控制皇上？

想来想去，胡心水觉得她想要学会指随舞不假，但说想要操控皇上却不是真的。

胡心水不由得想起一个不经意听到的传闻。有人说，当今皇后娘娘暗暗倾心于被通缉的宰相大人。当年皇后娘娘参选秀女却被淘汰，是宰相大人帮助她重新进入皇宫的。

莫非……皇后娘娘想要学会指随舞，是想要操控那个逃离的宰相大人不成？宰相大人逃离落阳城莫非是为了避开她？她之所以获得了想要的一切仍然不开心，难道是因为她仍然求而不得？

这样的猜测把胡心水自己吓了一跳。

虽然她知道自己的猜测一向很准确，可她此时不敢妄下断论。

正在她猜想种种可能的时候，头顶忽然掉了许多琉璃瓦下来。众将士哗然。

她慌忙避开落下的琉璃瓦，然后往上看去，只见豁影从天而降。

豁影低头看到了胡心水，大喊道："不要怕，我来救你了！"

公公再次呼喊："有刺客！"

众将士重新举起兵器。

胡心水心想，他怎么会突然来到皇后宫殿的顶上？

透过顶上的窟窿，胡心水看明白了，在豁影的头顶上，居然还有一个在烟花巷那里见过的孔明灯！

孔明灯上有人在喊："豁影！快点！救了胡心水姑娘我们就走！"

胡心水听出来，那是白天在路上见到的胖子的声音。原来胖子弄来了孔明灯，飞到了皇宫的上空。

“你们怎么在一起？”胡心水大声问道。

豁影大喊道：“别问了！上来了再告诉你！”他丢出手中的绳子，想要拉胡心水上去。

将士们立即拥了过来。

豁影早有准备，他又扔出一张网。网落下，将那些将士罩住。那些将士乱成一团，互相绊倒。

胡心水既感动又生气。她在这里并不需要救援，豁影和胖子突然出现反而搅了局。

在胡心水愣神的时候，皇后娘娘摆脱了操控。皇后娘娘气急败坏，指着豁影喊道：“弓箭手何在？”

公公经皇后娘娘这么一喊，醒悟过来，赶紧跑到大殿门口，大喊：“弓箭手何在？弓箭手何在？”

很快，二三十个手持大弓，背着箭筒的弓箭手鱼贯而入。

羽毛箭如一群惊飞的蝗虫一样纷纷飞向豁影。

豁影急忙松手，身子顺着绳子往下滑，躲过危险。可是接下来绳子被射断，豁影掉在了胡心水脚边。

被网罩住的将士已经割破了网，又冲了上来。

此时姚公子也不被操控了。为了保护胡心水，姚公子喊道：“不要伤了我的傀儡！”

一位将士举剑朝豁影砍去。豁影就地一滚，避开砍来的剑，然后一个扫腿，将那位将士绊倒。豁影迅速夺过剑，他没有杀掉那位将士，却将手中的剑投向皇后娘娘。

皇后娘娘没想到豁影会直接刺杀她，一时吓得忘记了躲避。

可惜豁影投得不准，剑没有刺到皇后娘娘的要害，只在皇后娘娘的手臂上划了一道口子。

这个时候豁影还没有忘记要报仇。

孔明灯上的胖子探出头来，大喊："君子报仇，十年不晚！我们先救走胡心水姑娘再说！"

公公抬起头，看到了胖子。公公指着顶上的窟窿，命令道："弓箭手给我把孔明灯射下来！"

胡心水知道，他们是救不走她的。如果孔明灯不立刻离开，他们几个都会死在这里。

胡心水稍稍往豁影身后躲了躲。她不是为了让豁影保护她，而是为了避开皇后娘娘的目光。

然后，她抛出操控线，将豁影置于自己的操控之下。

原本怒目朝向皇后娘娘的豁影立即回到刚才落下的位置，他在胡心水的操控下迅速抓住了从孔明灯上放下来的绳子。

孔明灯上的胖子立即往上收绳子。

弓箭手反手从箭筒里抽出羽毛箭，准备再次射向豁影。

胡心水赶紧操控豁影，让他朝她抛出操控线，造成豁影将她当作傀儡的假象。然后，胡心水往上一跃，抓住绳子，将豁影掩在身后，以自己的身体当作豁影的盾牌。

姚公子又大喊：“不要误伤了我的傀儡！”

弓箭手犹豫不定，怕手中的箭误伤姚公子的“傀儡”。

皇后娘娘怒道：“给本宫放箭！”

胡心水只需要弓箭手犹豫的片刻时间就够了，她操控豁影迅速回到了孔明灯上，自己也被豁影“带”上了孔明灯。

胖子操控孔明灯迅速往前飘动。

胡心水从孔明灯上往宫殿顶上的那个窟窿看去，许多羽毛箭从那个窟窿里射了出来，如同喷泉。羽毛箭到了最高的位置，又坠了回去。

宫殿外面许多士兵打着火把和灯笼追孔明灯，许多箭又如蝗虫一般朝孔明灯飞来。

胖子迅速拉升孔明灯的高度，避开那些箭。

“好了，他们够不着我们了。”胖子看了看下面，满意地说道。

胖子走到豁影身边，夸奖道：“你这小子速度挺快！慢一点我们就都走不了了。”他不知道是胡心水操控豁影这么做的。

豁影挥舞拳头，狠狠道：“差一点就杀了她！”

胡心水心有余悸，过了好一会儿才缓过来。

“你们怎么在一起的？”胡心水问道。

胖子笑道：“我就说没认错你嘛。我看到你被姚公子控制，往宫里送，就赶紧往姚府去寻找豁影。我知道你俩是一起来落阳城的。你被抓了，他肯定也被关在姚府。我从姚府救出豁影，可是豁影也没有办法进入皇宫。幸好我早有准备，用孔明灯带着他飞到皇后接见大臣的宫殿，这样就能避开那些守卫皇宫的高手了。”

胖子身边的姑娘颔首微笑，看了胖子一眼，说道：“他在烟花巷的时候，为了和我一起从孔明灯上降落，研究了两三年驾驭孔明灯的方法。他知道你们迟早要来落阳城，又已经泄露身份，就在登上我的孔明灯之后，操控孔明灯飞到了落阳城附近，早早地埋下眼线，准备好新的孔明灯，等待你们到来。他跟我说，是你们让我和他能一起升空，一起降落，这种恩情我们没齿难忘，生当衔环，死当结草，一定要报答。”

胡心水本想说这次进入皇宫是她的想法，但听他们这么说，感动不已，只好将话咽了回去。

胡心水问豁影：“那天早上我在客栈醒来，就发现你已不见了踪影。你是怎么被姚公子抓起来的？”

豁影愤愤道：“之前不是说好了他要请皮囊师来给我改换面貌吗？天还没亮，皮囊师就来了。为了不打扰你休息，我没有叫醒你。他们说，削皮换骨会疼得厉害，所以要抓住我的手，免得我忍耐不住。没想到他们抓住我之后，不做皮囊之术就把我的嘴捂住，将我的手脚捆了起来。他们把我装进了箱子里。阿丙还在我耳边说，从此那个伪装成皮囊师的人就是你的替身。我这才明白，他们要用另外一个人假装成换了面貌的我。我好担心你会中他们的圈套，可是我没有一点儿办法。”

胡心水摇头道：“我后来知道了那个人不是你。”

豁影不太相信，问道：“你怎么知道那个人不是我？”

胡心水道：“因为我跟胖子一样，即使你换了面貌，也能一眼就感觉出来那个人是不是你。”

胖子大笑。

胡心水却笑不出来。她看了看下面灯火辉煌的落阳城，忧愁道：“这样一来，我怕是看不到落阳城的烟花了。”

话音刚落，她就听到远处传来一连串爆炸的声音，密集如一阵阵雷鸣，又如一驾巨大的马车在高空疾驰而过，车轮在空中碾轧发出的声音。

“烟花！烟花！你看！”那位姑娘激动不已。

胖子和豁影都转头朝声音传来的方向看去。

胡心水看到绚烂的烟花在夜空绽放，烟花五颜六色的光芒将孔明灯映射成各种变换的颜色。

烟花转眼就消失了。

“是谁在放烟花？”豁影问胖子。

胖子摇头：“我不知道。我来到落阳城之后就打听过了，没人说这里将有烟花盛会。”

胡心水往孔明灯下方看去，已经分不清刚才是哪里绽放的烟花了。落阳城的大街上有许多人驻足，抬头朝刚才绽放过烟花的天空看，指指点点，似乎也对突然出现的烟花不知所措，却又期待烟花再次绽放。

“好短暂哪！”胡心水不禁感叹。

这话一说出口，她的手腕处忽然感觉被烫了一下。她想起来了。上次跟师父——那时的傀儡一起看烟花的时候，她也不禁感叹：“烟花虽美，可是好短暂哪！”

师父见她叹息，说道：“只要你喜欢，下次我们再来落阳城，我放烟花给你看。”她却摇头：“对不起，我看到烟花短暂，想起了我曾经心爱的人，觉得我跟他在一起的美好时光也是如此短暂，才有这种感想。你虽然跟他一模一样，可你终究不是他。”

师父脸色一僵，随即说道：“既然哪里都是一模一样的，那我就是他啊！”

她摇头：“就是因为你太像他，我才对你下不了手。就因为对你下不了手，我才会更加自责。如果有一天，我实在无法忍受继续这样下去，我想，我会自我了断的。”

她想起来了。烟花绽放的那天晚上，她回到住处，面对着铜镜。镜中的自己抚摩自己的脸颊。

镜中的她自言自语道："我的身体上有了那个跟你一模一样的傀儡的记忆，我要剔除那些记忆，随你而去。"

接着，她看到镜中的自己将身上的皮肉撕下。

不一会儿，她就如传说中的画皮一般面目狰狞，剐下的皮肉挂在旁边，如同脱下来的厚棉袄。

终于，她支撑不住了，身子一歪，跌倒在地上。

铜镜也掉了下来，滚了好远，到了门口才停下来。恰巧这时，一只脚从外面伸了进来，踩在铜镜上。

"心水！"进门的人喊道。

这个声音她太熟悉了。这是那个傀儡的声音，也是她心爱之人的声音。

她感觉自己已经不行了，心里却忽然想着，这个傀儡的声音怎么会和心爱之人一模一样呢？那个傀儡师再厉害，也只能让皮囊变得一模一样，而不能让声音也完全相同吧？

那时候的她不知道，这个傀儡就是被皇上杀害的心爱之人。

知道真相的妖怪，在五百多年以后才借着姚老爷的嘴说出真相。

"心水！心水！心水！"傀儡抱着血肉模糊的她呼喊。

她想说一声"抱歉"，可是她已经发不出声音。

"你为什么要这么做……我说了，我就是他啊！"傀儡哭号道。

那时候的她还听不懂这句话的意义。

“不行！不行！”傀儡将她抱了起来，夺门而出，疯狂地奔跑。“我要找到那个傀儡师，把你做成我的傀儡，然后用你操控我的方式，也将你唤醒，也将你恢复成活着时候的样子！”

他跑得那么快，让她有种躺在汹涌的海面上的感觉。他跑得那么急，让她有种躺在马背上的感觉。

她轻叹一声，意识变得模糊。身体不疼了，仿佛麻木了。眼前一片漆黑，仿佛站在一个漆黑的洞中。洞的远远的前方，有那么一丝丝微光。她仿佛终于从皮囊里脱离出来，变得自由自在。

不知过了多久，也许是一瞬间，也许是几个时辰，也许是几个昼夜。她听到他的求助声。她听到曾经给她做过傀儡的那位傀儡师说：“救是救不活了。你来的时候，只有一个致命伤，好歹是完整的。她已经失去太多皮肉，失去容易，回来可就难了。我能想到的唯一办法，是将她做成一个小小的人，让她的灵魂留在皮囊之内。要恢复成原来的样子，须得像动物修炼成人一样经历至少五百年。这五百年里，她不会记得你，你也不能告诉她到底发生了什么。你若是说了，就会惊到她的魂，她就不会恢复成原来的样子了。你只能让她自己记起来，你要像陌生人一样照顾她。

五百年后，谁知道事情会变成什么样呢？说不定她会喜欢上其他人。每个人将自己的人生重新来一遍，都极有可能会走上完全不同的道路，看到完全不同的风景，认识完全不同的人，过上完全不同的生活。你……可想好了？”

“我想好了。”她听到傀儡毫不犹豫地说道。

“你知道吗？你本已死，是在她的操控下渐渐生出意念，死而复生，你已是妖怪，可妖怪也是有寿命的。五百多年后，谁也不知道那时候你还有多少寿命。而她从一个忘记了一切的小小的人重新修炼成人，也是妖怪，却是新生的妖怪，后面还有漫长的寿命。纵然五百年后她记起你，你们交错的时光可能还是非常短暂，如烟火刹那。你……可想好了？”

“我想好了。‘百年修得同船渡，千年修得共枕眠。’人世间的相逢，也不是轻易得来的。我等五百年，如果能等来烟火刹那，也是幸运了。”

“你知道吗？你是死而复生，逆天而行。此后五百年，你将遭遇天道阻拦，危险重重，稍有不慎便是灰飞烟灭。她魂魄收入皮囊，虽然初始只有手指大小，但并未亡故。此后五百年，她不怕雷劫，不惧雷击木。因此，你后面历经的艰险要比她多太多，你……可想好了？”

“我想好了。她要历经的艰险比我少，好过她要历经的艰险比我多。我没有其他奢望，只求五百多年后，能让她再看一次落阳城的烟花，这就够了！师傅，求您救救她吧！”

天边又传来一连串爆裂声。

豁影推了推胡心水，说道：“你看！烟花又出现了！”

胡心水从记忆中回过神来，朝烟花绽放的地方看去。这一次烟花连续绽放，没有停歇。

孔明灯下落阳城里的人开始欢呼。

胡心水愣了片刻，突然冲到胖子身边，指着烟花绽放的方向大喊：“往那边去！往那边去！我的师父在那里！不对！我的傀儡在那里！不对！我的……不管了，快往那边去！”

她开始害怕了。记忆中傀儡师说过，她和那个人在五百年后交错的时间或许只有烟花刹那。

或许，烟花熄灭的时候，他就会离开。

这次不是离开落阳城，去遥远的地方，而是离开人世间，去另一个世界。

她害怕孔明灯飞得太慢。此前的五百多年，她从不觉得时间有多珍贵。那些时间摆在眼前，浩瀚如星海，广袤如沙漠。而此时，每一颗星，每一粒沙，都弥足珍贵，稍纵即逝。

胖子问道：“去那里干什么？”

胖子身边的姑娘也着急起来，给了胖子一巴掌，喝道：“你往那边飞就是了！”

那位姑娘从胡心水的眼睛里看到了她曾经的经历和感受。

胖子赶紧操控孔明灯在空中拐了一个弯，往烟花的方向飞去。

胡心水不停地大声催促：“能不能飞得再快一点？”

胖子抓住操控装置，紧张地大声说道：“已经到极限了！再快的话，孔明灯的灯罩会破掉的！”

“灯罩破掉会怎样？”胡心水大声问道。由于孔明灯的速度已经非常快，风吹得他们几乎听不见。

胖子大喊：“会直接掉下去！”

胡心水喊道：“那岂不是更快？”

豁影和胖子听了，吓得脸色煞白地看着她。

胖子身边的姑娘却朝胡心水点点头，利索地从胖子的腰间抽出一把短刀来，在灯火上烤得通红，然后朝孔明灯的灯罩扔去。

灯罩顿时破了一个洞，被大风一刮，迅速形成一条巨大的裂缝。热气都从裂缝里漏了出去。孔明灯失去平衡，快速下坠。

他们四人抓着吊篮的边沿，大喊大叫。

在孔明灯即将撞上一幢高楼的时候，他们忽然停止了下坠。

“怎么回事？”胖子双手捂住眼睛，却从指缝里往外看。

豁影抬头一看，惊叫道：“天哪！”

胡心水也抬头往上一看，只见姚府的巨型无头傀儡一只手抓住了孔明灯顶部的绳子。她往下一看，巨型无头傀儡的另一只手托住了孔明灯的吊篮。

姚老爷站在巨型无头傀儡的肩膀上，手指上都是操控线。是他操控巨型无头傀儡接住了落下的孔明灯。

“快走吧！”姚老爷对着他们喊道。

胡心水道：“对不起……”

姚老爷笑道：“我还要感谢你呢。皇后娘娘以为我儿会指随舞，不会对我们姚家怎样了！快走吧！”

他们从吊篮里爬出来，往烟花绽放的地方奔跑。

他们终于跑到了烟花升起的地方。

胡心水看到那个人在一排排摆好的烟花中来回奔跑，一个接一个地点燃烟花，以保持烟花不断，一只刺猬跟在他身后跑来跑去。她看到还有一个四臂傀儡正在搬来新的烟花，摆在没有点燃的烟花后面……

豁影和胖子还有那位姑娘站住了。

胡心水走到那个人身边。

那个人还在一个接一个地点燃烟花，却没有发现她的到来。

“烟花好美啊！”胡心水说道。

那个人僵住了。

“比五百多年前的那场还要漂亮！”胡心水说道。

那个人转过身来，已是泪流满面。

刺猬爬到胡心水的脚背上蹭了又蹭，胡心水轻轻将它抱了起来。

“你都想起来了？”那个人含泪问道。

胡心水道：“我没有忘记啊。我来落阳城，就是来找你的，就像五百多年前一样。”

“你还要我做被你操控的傀儡吗？”他问道。

“我们之间没有操控，只有牵连。这才是我们彼此不会真的忘记，不会真的分开的原因。”她说道。